Meg Cab

Journal d'une Princesse 6

Une Princesse rebelle et romantique

Traduit de l'anglais (américain)
par Josette Chicheportiche
Illustrations de Chesley Mc Laren
A collaboré à cet ouvrage : Véronique Fleurquin
pour la traduction des extraits

HACHETTE
Jeunesse

Pour ma nièce, Madison B. Cabot, future princesse.

Je remercie Beth Ader, Jennifer Brown, Barb Cabot, Laura Langlie, Abigail Mc Aden et surtout Benjamin Egnatz.

L'édition originale de cet ouvrage
a paru en langue anglaise
chez HarperCollins Children's Books USA
sous le titre :
The Princess diaries, volume VI : Princess in training

43, quai de Grenelle, 75015 Paris.

Extraits tirés de l'édition originale PERFECT PRINCESS initialement
parue en langue anglaise.

Elle sera princesse, comme jamais elle ne l'a été –
cent cinquante mille fois plus.

Petite Princesse,
Frances Hodgson Burnett.

Emploi du temps du premier semestre

Élève : Mia Thermopolis, S.A.R. la princesse Amelia Mignonette Renaldo
Sexe : Féminin
Classe : Seconde

	Cours	Prof	Salle
8-9 h	Accueil	Gianini	110
9-10 h	EPS	Potts	Gymnase
10-11 h	Géométrie	Harding	202
11-12 h	Anglais	Martinez	112
12-13 h	Français	Klein	118
Déjeuner			
14-15 h	Étude dirigée	Hill	105
15-16 h	Hist-Géo	Holland	204
16-17 h	SVT	Chu	217

Lycée Albert-Einstein

Chers élèves et parents,

Je vous souhaite à tous un bon retour après un été qui, j'espère, vous a été profitable, tant sur le plan du repos que de l'intellect. Les professeurs du lycée Albert-Einstein, le personnel administratif et moi-même sommes impatients de passer une nouvelle année avec vous. Mais avant, nous aimerions vous rappeler à tous certaines règles de conduite :

NUISANCES SONORES

N'oubliez pas que le lycée Albert-Einstein se trouve dans une zone résidentielle. Il est important de garder à l'esprit que le bruit monte. Aussi, tout bruit excessif – en particulier sur les marches devant l'entrée principale du lycée – qui pourrait gêner nos voisins ne sera pas toléré. Ceci inclut les cris, les hurlements, les éclats de rire, la musique et les chants relevant d'un rite ou d'un autre.

DÉGRADATION

Malgré ce qui est communément appelé par les élèves la « tradition » de la rentrée au lycée Albert-Einstein, il est expressément défendu de dégrader, de décorer ou tout simplement de toucher la statue de lion, surnommé « Joe », se trouvant sur la 75e Rue Est, devant l'entrée de l'établissement. Des caméras de surveillance fonctionnant 24 h/24 ont été installées, et les élèves surpris en flagrant délit de dégradation du matériel scolaire seront expulsés et/ou soumis à une amende.

TABAC

Il a été porté à l'attention de l'administration que l'an dernier, un nombre important de mégots de cigarettes jonchaient quotidiennement les marches de l'entrée principale du lycée. Outre le fait qu'il est strictement interdit de fumer dans l'enceinte de l'établissement, les mégots de cigarettes choquent la vue et peuvent s'enflammer et provoquer un incendie. Aussi, tout élève surpris avec une cigarette à la main – soit par un membre du personnel, soit par l'une des nouvelles caméras de surveillance – sera temporairement renvoyé et/ou soumis à une amende.

UNIFORME

Cette année, l'uniforme du lycée Albert-Einstein se composera :

Pour les filles

— Chemisier blanc, manches longues ou courtes
— Pull ou gilet gris
— Jupe à rayures bleues et dorées ou pantalon gris
— Chaussettes montantes bleues ou blanches ou

— Collants bleus, noirs ou couleur chair
— Cravate à rayures bleues et dorées
— Veste bleu marine

Pour les garçons

— Chemise blanche, manches longues ou courtes
— Pull ou gilet gris
— Pantalon gris
— Chaussettes bleues ou noires
— Cravate à rayures bleues et dorées
— Veste bleu marine

Le port de shorts – shorts de gymnastique ou d'athlétisme inclus – sous les jupes est défendu.

Je rappelle à tous que les cours reprendront mardi 1er septembre, à 7 h 55.
Il va sans dire que tout retard sera puni.
Bonne rentrée à tous.

LA PRINCIPALE GUPTA

Lundi 7 septembre

WomynRule : Est-ce que tu as lu la lettre que la principale nous a envoyée la semaine dernière??? Quelle vieille pie! Mais de qui se moque-t-elle? Sais-tu que le passage sur les chants relevant d'un rite ou d'un autre ME visait ? Tout ça parce que j'ai organisé quelques manifestations l'année dernière. On va lui montrer de quel bois on se chauffe. Elle pense sans doute pouvoir réprimer la voix du peuple, mais l'association des élèves du lycée Albert-Einstein ne se laissera pas intimider.

FtLouie : Lilly, je…

WomynRule : Et le passage sur les caméras de surveillance, tu l'as vu ???? As-tu déjà entendu parler d'une pratique plus fasciste ? Elle peut installer toutes les caméras de surveillance qu'elle veut, ce n'est pas ça qui m'arrêtera. Encore un nouvel exemple de son désir de transformer cette école en dictature scolaire. Sais-tu qu'ils utilisaient des caméras de surveillance en URSS pour tenir les prolétaires sous leur joug ? Je me demande ce qu'elle va trouver ensuite. La police de l'ex-KGB, peut-être, dans les couloirs du lycée ? Si on la laisse faire, elle empiètera sur notre vie privée. C'est pourquoi cette année, PDG, nous allons prendre les choses en main. J'ai un plan…

FtLouie : Lilly…

WomynRule : …qui sapera toutes ses tentatives pour nous priver du droit à être nous-mêmes et nous faire plier à sa volonté. Mais surtout, il est conforme avec le règlement de l'école. Quand on l'aura mis en place, Mia, elle ne saura même pas d'où vient l'attaque.

FtLouie : LILLY!!!! Je croyais que les MSN servaient à communiquer et à se parler entre amis.

WomynRule : Eh bien, c'est ce qu'on fait.

FtLouie : Non. TU parles et tu m'interromps dès que j'essaie de prendre la parole.

WomynRule : OK. Vas-y. Qu'est-ce que tu as à dire ?

FtLouie : Je ne me souviens plus, maintenant !! Tu m'as embrouillée… Ah voilà, j'ai retrouvé. Je ne veux plus que tu m'appelles PDG.

WomynRule : Désolée. Mais tu sais quoi ? Depuis que ton petit frère est né, tu es devenue super-susceptible.

FtLouie : Excuse-moi. J'ai TOUJOURS été susceptible.

WomynRule : Enfin, une parole vraie, MP. Bon, tu veux que je t'expose mon plan ?

FtLouie : Puisque je ne peux pas faire autrement. Mais attends une minute. Ça veut dire quoi, MP ?

WomynRule : Tu le sais bien.

FtLouie : Non.

WomynRule : Mais si, voyons. Mère Poule.

FtLouie : ARRÊTE AVEC ÇA!!!! JE NE SUIS PAS UNE MÈRE POULE!!!

WomynRule : Oh que si ! Exactement comme la mère panda du zoo.

FtLouie : Parce que je pense que ma mère ne doit pas amener un bébé de six semaines à une manifestation de l'autre côté du pont de Brooklyn ne fait pas obligatoirement de moi une mère poule !!! Il aurait pu lui arriver n'importe quoi ! N'IMPORTE QUOI. Ma mère aurait pu trébucher et le lâcher accidentellement, et il aurait pu rebondir et passer par-dessus la rambarde de sécurité et tomber plus de cent mètres plus bas dans l'East River et se noyer… à moins que la chute n'ait déjà broyé tous ses petits os. Et même si j'avais plongé juste après lui, on aurait pu être emportés par le courant… MERCI, LILLY !!!! Pourquoi m'avoir rappelé cet horrible souvenir ????

WomynRule : Tu te souviens de ce que le gardien du zoo a dû faire à la mère panda ?

FtLouie : TAIS-TOI !!!!! PERSONNE NE ME PRENDRA MON PETIT FRÈRE PARCE QUE JE VEILLE TROP SUR LUI !!!!

WomynRule : Peut-être, mais tu dois admettre que tu es un peu obsédée.

FtLouie : Il faut bien que QUELQU'UN s'occupe de lui. Entre ma mère qui veut l'amener à tous les rassemblements contre la guerre – au risque parfois de lui faire prendre le métro qui est, comme tu le sais, un nid à microbes – et Mr. G qui le fait sauter en l'air et manque de lui fracasser la tête contre le ventilateur, je trouve très sincèrement que Rocky a de la CHANCE d'avoir une grande sœur comme moi qui se soucie de son bien-être.

WomynRule : Puisque tu le dis… mère poule.

FtLouie : ARRÊTE AVEC ÇA, LILLY. Parle-moi plutôt de ton fichu plan.

WomynRule : Non. Je n'ai plus envie maintenant. Il vaut mieux que tu n'en saches rien, finalement. Les mères poules comme toi, qui se font trop de souci, ne doivent pas savoir trop de choses à l'avance. Sinon, tu risquerais d'être encore plus mère poule.

FtLouie : Très bien. De toute façon, je n'ai pas le temps de l'entendre, ton fichu plan. Ton frère m'appelle sur l'autre ligne. Je te laisse.

WomynRule : QUOI???? Dis-lui d'attendre. Ce que j'ai à te dire EST TRÈS IMPORTANT.

FtLouie : Cela peut te surprendre, Lilly, mais ce que ton frère a à me dire est aussi très important. Du moins, pour moi. Je te rappelle que je ne l'ai vu que deux fois depuis mon retour, vendredi...

WomynRule : Je suis désolée de t'avoir traitée de mère poule. Attends, juste une minute. Le temps que...

FtLouie : … dont le jour de son installation, samedi, ce qui ne compte pas vraiment, parce qu'il transpirait à grosses gouttes à cause du mini-frigo qu'il montait à pied dans sa chambre, vu que l'ascenseur était en panne...

WomynRule : MIA !!!!! EST-CE QUE TU M'ÉCOUTES ?????

FtLouie : ... sans compter que tes parents étaient là, ainsi que le directeur de la résidence universitaire. Quant au dimanche, on est peut-être sortis, c'est vrai, mais je subissais encore tellement les effets du décalage horaire que je me suis...

WomynRule : MIA, JE...

FtLouie : ... endormie pendant qu'il me montrait son...

WomynRule : VAIS...

FtLouie : nouveau jeu de cartes magiques. Tu es au courant que Maya a fait tomber l'ancien...

WomynRule : TE...

FtLouie : ... et que les cartes se sont mélangées à celles qu'il n'utilisait plus...

WomynRule : TUER !

FtLouie : Terminé.

Lundi 7 septembre, à la maison, 10 heures du soir

C'est la rentrée demain. Je devrais être contente, je sais. Je devrais être excitée à l'idée de revoir mes amies après deux mois passés en terre étrangère.

Je *suis* contente. Très contente de revoir Tina, Shameeka, Ling Su et même – je n'en reviens pas d'écrire ça – Boris.

C'est juste que… ça ne sera pas pareil, cette année, sans Michael. Finis les trajets ensemble le matin avant d'aller au lycée, finis les déjeuners à la cantine, finis les petits coucous avant le cours d'algèbre. Ah ah !!! Fini aussi l'algèbre, puisque cette année, je fais géométrie. Mais bon, j'ai tout le temps d'y penser. Quoique d'après Mr. Gianini (FRANK. JE NE DOIS PAS OUBLIER DE L'APPELER FRANK), les élèves qui sont mauvais en algèbre sont bons en géométrie. Je vous en prie, faites que ce soit vrai.

Attention, je ne suis pas en train de raconter que Michael et moi, on se retrouvait tous les jours devant mon casier pour se… Vous voyez ce que je veux dire. Pas du tout, en fait. De toute façon, avec mon garde du corps qui ne me lâche pas d'une semelle, c'était impensable.

Mais parce que je savais que je pouvais le croiser dans les couloirs, je me faisais une joie d'aller au lycée.

Tandis que cette année, avec Michael à l'université, je ne me fais une joie de *rien du tout*.

Sauf des week-ends.

Mais combien de temps Michael va-t-il me consacrer le week-end ? Vu le travail qu'il doit fournir pour la fac, ça m'étonnerait qu'on se voie beaucoup en soirée – cela dit, entre mes obligations de princesse et mes devoirs à moi, je ne suis pas non plus très disponible. Mais bon, cela…

Bon sang ! Qu'est-ce que fabrique ma mère ? Ça fait VINGT minutes au moins que Rocky pleure et elle ne bouge pas.

Elle était dans le salon avec Mr. G, et regardait *La Loi et l'Ordre*. Quand je lui ai dit : « Ton fils t'appelle », elle a à peine levé les yeux vers moi et a répondu : « C'est rien. Il va se calmer et finir par s'endormir. »

Vous en connaissez, vous, des mères qui manifestent autant de compassion à leur enfant ? Lilly peut me traiter de mère poule, si c'est comme ça que ma mère s'occupait de moi quand j'étais petite, je comprends pourquoi je suis mal dans ma peau aujourd'hui.

Bref, je suis allée dans la chambre de Rocky et je lui ai chanté l'une de ses chansons préférées, et il s'est aussitôt arrêté de pleurer.

Mais est-ce que quelqu'un m'a remercié pour autant ? Non ! Quand je suis sortie, ma mère a détourné le regard de la télé (seulement parce que c'était les pubs) et m'a lancé, sur un ton très sarcastique : « Merci, Mia. On essaie, Frank et moi, de lui faire comprendre que lorsqu'on le met au lit, il est censé s'endormir. Maintenant, il va penser qu'il lui suffit de pleurer pour que quelqu'un accoure lui chanter une chanson. Dire que j'avais réussi à le régler pendant que tu étais à Genovia et qu'il va falloir tout recommencer. »

PARDON ! Je suis peut-être une mère poule, mais est-ce un crime que de compatir à la souffrance de mon propre frère ? Franchement !!

Enfin, revenons à nos moutons. Où en étais-je ?

Ah, oui. Le lycée. Sans Michael.

À quoi bon y aller, hein ? Je sais bien qu'on est supposés y apprendre des tas de choses. Mais apprendre des tas de choses était beaucoup plus drôle l'an dernier, parce que je pouvais apercevoir Michael au distributeur automatique de boissons, par exemple. Cette année, ce ne sera plus possible, puisque je ne le verrai que le samedi et le dimanche. Attention, je ne suis pas en train de dire que ma vie sans Michael ne vaut pas la peine d'être vécue. Je dis seulement que lorsqu'il est là – ou que je sais qu'il PEUT être là –, TOUT me paraît plus intéressant.

Le seul rayon de soleil de cette future année qui, par ailleurs, risque bien d'être morose, c'est l'anglais. J'ai en effet l'impression que la nouvelle prof, Mrs. Martinez, a l'air assez contente de nous avoir. C'est du moins ce que laisse entendre le petit mot qu'elle nous a adressé le mois dernier.

Lycée Albert-Einstein

Bonjour à tous !

J'espère que vous ne m'en voudrez pas de vous écrire avant même que l'année scolaire n'ait commencé, mais en tant que nouvelle au lycée Albert-Einstein, je tenais à me présenter et à avoir l'occasion de faire votre connaissance.

Je m'appelle Karen Martinez et j'ai été diplômée de Yale, au printemps dernier, en littérature anglaise. J'adore faire du roller, me promener dans New York, et lire (bien sûr !) des classiques, comme Orgueil et Préjugés.

Pour m'aider à mieux vous connaître, je vous demanderai de vous présenter le jour de la rentrée avec une petite biographie et un texte (pas plus de 500 mots) sur ce que vous avez appris pendant vos vacances – car, comme vous le savez, les leçons de la vie ne s'arrêtent pas pendant l'été sous prétexte qu'il n'y a pas cours !

Je suis désolée de vous donner du travail avant la rentrée, mais je vous assure que cela me permettra de vous aider à améliorer votre style !

Merci beaucoup et profitez bien de la fin de vos vacances.

Cordialement,

K. Martinez

Mrs. Martinez adore manifestement son métier. Il était temps que le lycée Albert-Einstein engage des professeurs qui se soucient de leurs élèves – à part Mr. G, bien sûr.

Frank, je veux dire.

Ce qui m'excite surtout, c'est que Mrs. Martinez est la nouvelle conseillère du journal de l'école, dont je suis membre. Vu tout ce qu'on a en commun, elle et moi – j'ai adoré *Orgueil et Préjugés*, surtout la version avec Colin Firth, et j'ai fait du roller une fois –, j'ai l'impression que son enseignement va m'être profitable. Étant un écrivain en herbe, il est important que mon talent se retrouve entre de bonnes mains. Je sens déjà que Mrs. Martinez va être le Mr. Miagi de mon Karate Kid – sur le plan de l'écriture, évidemment, pas du karaté.

Mais ce n'est pas pour autant que je sais quoi dire dans ma bio, sans parler de ce que j'ai appris cet été. À quoi s'attend-elle ? « Salut ! Je m'appelle Amelia Mignonette Renaldo, S.A.R. la princesse de Genovia. Vous avez sans doute déjà entendu parler de moi ? Deux films sur ma vie sont passés à la télé. »

Cela dit, ces deux films ont pris des libertés par rapport à la réalité. Dans le premier, mon père était mort et Grand-Mère toute gentille, et dans le second, ils annonçaient carrément que Michael et moi, on avait cassé ! N'importe quoi !! Je suis sûre que c'est une idée du producteur, histoire de rendre ma vie plus palpitante. Comme si ma vie avait besoin de l'aide d'un producteur de Hollywood pour être palpitante.

Mais je reconnais que mon destin est assez semblable à celui d'Aragorn, dans *Le Seigneur des Anneaux*. C'est-à-dire que du jour au lendemain, on s'est retrouvés tous les deux à la tête d'un royaume. J'aurais préféré rester anonyme que devenir l'héritière d'un trône. Et j'ai l'impression qu'il en va de même pour Aragorn.

Une minute. Je ne dis pas que je n'aime pas le pays qu'un jour je dirigerai. C'est juste que ça m'a franchement barbée de passer une partie de l'été avec mon père et ma grand-mère, quand j'aurais pu être avec mon petit frère, sans parler de mon PETIT AMI qui commence la fac à la rentrée.

Heureusement, Michael ne va pas loin. Il a été pris à Columbia. C'est en plein Manhattan. Enfin, pour être plus précise, ça se trouve au nord de la ville, dans des quartiers où je ne vais jamais, en général. Ah si, j'y suis allée une fois. Pour manger des gaufres chez Sylvia.

Bref, voilà la bio que j'ai rédigée la semaine dernière pour Mrs. Martinez, alors que j'étais encore à Genovia. J'espère qu'en la lisant, elle reconnaîtra dans mon style l'âme d'un futur écrivain :

Ma biographie
par
Mia Thermopolis

Je m'appelle Mia Thermopolis, j'ai quinze ans, je suis taureau et héritière du trône de la principauté de Genovia (population : 50 000 habitants). Quand je ne suis pas au lycée ou que je n'apprends pas à devenir une princesse, j'adore regarder la télé, manger au restaurant (ou passer ma commande par téléphone), lire, travailler pour L'Atome, *le journal du lycée, et écrire de la poésie. Plus tard, j'aimerais bien être écrivain et/ou maîtresse-chien de sauvetage (pour trouver les gens piégés sous les décombres en cas de tremblements de terre). Mais il est fort probable que je me retrouve princesse de Genovia (PDG).*

Ça, ce n'était pas trop compliqué. En revanche, parler de ce que j'ai appris pendant les vacances a été une autre paire de manches. Parce que qu'est-ce que j'ai vraiment appris ? J'ai passé une grande partie du mois de juin à aider maman et Mr. G à s'habituer à vivre avec un bébé – ce qui leur a posé un problème à tous deux dans la mesure où depuis de nombreuses années, les habitants de cet appartement sont entièrement bipèdes (à l'exception de Fat Louie, mon chat). Aussi, l'arrivée d'un membre de la famille qui, dans peu de temps – disons un an, un an et demi –, crapahutera partout m'a fait prendre conscience de tous les dangers qui menacent un bébé ici.

Je tiens à faire remarquer que ni maman ni Mr. G n'ont eu l'air de s'en soucier.

C'est pourquoi, j'ai demandé à Michael de m'aider à installer des cache-prise dans toutes les prises de courant, et des systèmes de protection à tous les tiroirs de la salle de bains et de la cuisine – ce que maman n'apprécie guère car c'est toute une affaire maintenant pour attraper l'essoreuse à salade.

Elle me remerciera un jour quand elle comprendra que c'est grâce à moi que Rocky n'a pas été victime d'un terrible accident d'essoreuse.

Cela dit, équiper l'appartement nous a tellement occupés, Michael et moi, qu'on n'a pas eu le temps de faire tout ce qu'un couple profondément amoureux fait à New York, l'été. Comme louer une barque sur le lac de Central Park ou une calèche pour se promener le long de la 5e Avenue. Visiter des musées et passer des heures, bouche-bée, devant une œuvre d'art, écouter un opéra en plein air, dîner en terrasse dans des petits restaurants de Little Italy, etc.

En même temps, ce genre de sorties finit par coûter cher, sauf l'opéra en plein air, qui est gratuit, mais pour lequel il faut arriver à huit heures du matin, minimum, pour délimiter sa place à l'aide de piquets. Et même dans ce cas, les fans d'opéra ont l'esprit tellement territorial qu'ils vous crient dessus si votre couverture effleure par accident la leur. De toute façon, je n'aime pas l'opéra, parce que tout le monde meurt à la fin.

Paradoxalement, bien que je sois princesse, je ne roule pas sur l'or. Mon père ne m'octroie en effet que la modique somme de 20 dollars par semaine. Il pense que si je n'ai pas de quoi me fournir en vêtements à la mode et en drogue, je ne passerai pas mes soirées en boîte de nuit (comme certaines personnalités en vue que je ne mentionnerai pas).

Quant à Michael, qui avait un petit boulot cet été, dans la boutique Apple, de SoHo, il économise tout son argent pour se procurer une copie de Logic Platinum, un programme de musique software qui lui permettra de continuer à écrire de la musique (son groupe, La Cage, n'existe plus depuis que les autres musiciens ont quitté New York pour rejoindre leur université ou leur école situées aux quatre coins du pays). Michael veut s'acheter aussi un Home Cinéma, avec un écran plat de 23 pouces, pour aller avec le Powermac G5 qu'il envisage d'acquérir également. Mais même s'il bénéficie d'une réduction en tant qu'employé d'Apple, le tout lui coûtera aussi cher que la trottinette dont je rêve, mais que mon père refuse toujours de m'offrir.

De toute façon, ce n'est pas drôle de faire un tour en calèche dans Central Park avec son petit ami et SON GARDE DU CORPS.

Bref, quand on n'était pas à la maison en train d'installer toutes sortes de dispositifs de sécurité pour bébé, on a passé le mois de juin chez Michael, où Lars pouvait regarder la chaîne Sports ou bavarder avec les Dr. Moscovitz, lorsqu'ils n'étaient pas occupés avec leurs patients ou partis dans leur maison de campagne, à Albany. Et là, on se dépêchait de faire ce qui était vraiment important : s'embrasser et jouer à *Rebel Strike* aussi humainement que possible avant d'être cruellement séparés par mon père le 1er juillet (ce qui était au moins un progrès par rapport au 1er juin, date qu'il m'avait imposée au départ pour le rejoindre à Genovia).

Après cette triste journée, qui est arrivée bien trop vite, j'ai été obligée de passer la fin de l'été à Genovia, où j'ai sauvé la baie (du moins, si tout se déroule comme prévu) de l'attaque meurtrière d'une algue jetée dans la Méditerranée par le Musée océanographique d'un pays voisin (dire qu'ils ont osé nier).

C'est là que je me suis arrêtée d'écrire. Pour Mrs. Martinez. C'est-à-dire que je ne lui ai pas raconté comment j'ai commandé en douce dix mille limaces appelées *Aplysia depilans* (aux frais du ministère de la Défense de Genovia), que j'ai relâchées dans la baie de Genovia après avoir lu sur Internet qu'elles étaient l'ennemi naturel de *Caulerpa taxifolia*, l'algue géante.

Sincèrement, je ne comprends pas pourquoi tout le monde m'est tombé dessus après. Cette algue tuait le varech grâce auquel des centaines d'espèces vivent dans la baie ! Et dans la mesure où mes petites limaces sont aussi toxiques que l'algue, il n'y a pas de risque qu'elles soient mangées, et donc que la chaîne alimentaire soit détruite. Elles mourront naturellement dès que leur source nutritive, à savoir *Caulerpa taxifolia*, aura disparu. À ce moment-là, la baie aura retrouvé son aspect normal.

Franchement, je vous le demande : où est le problème ?

J'ai l'impression qu'à Genovia, on a pensé que je n'avais pas réfléchi avant d'agir. Est-ce qu'ils n'ont pas encore compris que je ne suis pas une adolescente comme les autres, qui ne pense qu'à sortir et à regarder *Jackass* ! Non, j'ai du talent, moi, je suis douée. Enfin, plus ou moins.

Bref, même si je n'ai pas raconté comment les gens m'en ont voulu pour cette histoire de limaces, je suis sûre que Mrs. Martinez va être impressionnée. Il faut dire que j'ai fait des tas d'allusions littéraires. Qui sait si, avec son aide, je ne vais pas finir par écrire autre chose que les menus de la cantine ? Qui sait si je ne vais pas écrire un roman et qui sait même s'il ne sera pas publié, comme celui de cette fille dont ils parlaient l'autre jour, dans le journal ? Elle a livré une critique acerbe de ses camarades d'école et suit maintenant des cours par correspondance parce que plus personne ne veut lui parler.

En même temps, je ne suis pas sûre d'avoir envie de me retrouver dans sa situation.

Mais ça ne m'embêterait pas de ne plus avoir à rédiger des menus.

Lilly vient de m'envoyer un MSN. Est-ce qu'elle se rend compte qu'il est plus de onze heures ? Il faut que je dorme si je veux être au mieux de ma forme demain pour…

Ah… j'allais dire Michael. Mais je ne le verrai pas demain, au lycée.

Qu'est-ce que j'en ai à faire, alors, d'être au mieux de ma forme, hein ?

FtLouie : Qu'est-ce que tu veux ?

WomynRule : Tu me parais bien susceptible. T'as fini de parler avec mon frère ?

FtLouie : Oui.

WomynRule : Vous me donnez envie de vomir, tous les deux. Tu le sais ?

Pauvre Lilly. Boris et elle sont sortis ensemble pendant si longtemps qu'elle ne s'est toujours pas habituée à ne plus avoir de petit ami qui lui souhaite bonne nuit. Attention, Michael n'allait pas se coucher quand il m'a appelée, mais il savait que moi, j'allais le faire. Michael n'a pas besoin de se coucher tôt parce que même s'il fait un double cursus cette année – de façon à être diplômé dans trois ans au lieu de quatre et prendre une année sabbatique quand j'aurai fini le lycée ; on a l'intention de travailler pour Greenpeace pendant un an et sauver les baleines –, il s'est débrouillé pour que ses cours ne commencent pas avant dix heures, histoire de pouvoir dormir le matin.

Moi, les gens qui pensent à tout, ça m'impressionne. Il faut dire que je suis à peine capable de penser à ce que je vais manger, tous les jours, à midi.

En tout cas, Michael, lui, est super-organisé. Quand il a emménagé à Columbia, si l'ascenseur n'avait pas été en panne, il n'aurait pas mis plus d'une demi-heure. Et pourquoi ? Parce qu'il avait tout planifié. J'y étais, avec sa famille. Je voulais voir à quoi ressemblait sa chambre. Je ne sais pas combien Columbia demande pour un logement d'étudiant, mais franchement, ce n'est pas terrible. La chambre de Michael est en parpaing et donne sur un conduit d'aération.

Mais Michael s'en fiche. Tout ce qu'il voulait savoir, c'est s'il y avait assez de prises électriques. Il n'est même pas allé dans la salle de bains pour voir si le rideau de douche était en plastique (une matière qui finit par sentir mauvais) ou en caoutchouc (c'est pire, ça sent encore plus mauvais). J'ai vérifié pour lui : il est en caoutchouc. Berk.

Son camarade de chambre n'était pas encore arrivé, mais son nom figurait sur la porte. Il s'appelle Doo Pak Sun. J'espère qu'il est sympa et pas allergique aux poils de chat. Parce que j'ai l'intention d'être là SOUVENT !

Pour en revenir à Lilly, elle me faisait tellement de peine à n'avoir personne à aimer ou qui l'aime, que j'ai décidé de lui remonter le moral.

FtLouie : Tu dois être contente d'avoir l'appartement pour toi toute seule, maintenant. C'est bien ce dont tu rêvais, non ? Que Michael ne soit plus là pour boire tout le jus d'orange ou finir les céréales.

WomynRule : Tu parles ! Ça me fait deux fois plus de boulot, puisque je me retrouve avec MES corvées ET les siennes. Et qui s'occupe de Pavlov, à ton avis ?

FtLouie : Sauf que Michael te paie.

WomynRule : Vingt dollars par semaine ! J'ai fait le calcul, ça revient à un dollar la crotte.

FtLouie : C'est toujours ça.

WomynRule : Ma pauvre Mia… Je suppose que tu adores ramasser les crottes de Fat Louie ?

FtLouie : Elles sont très mignonnes. Et c'est pareil pour celles de Rocky.

WomynRule : Ça ne m'étonne pas de toi, mère poule.

FtLouie : Je préfère ne pas répondre. Dis-moi plutôt si, à ton avis, l'allusion aux shorts, dans la lettre de la principale, s'adressait à Lana ? Tu te souviens qu'elle portait tout le temps celui de Josh sous sa jupe pour signifier à tout le monde qu'elle lui appartenait ?

WomynRule : Je ne sais pas et je m'en fiche. Écoute, pour demain…

FtLouie : Oui ?

WomynRule : Non, laisse tomber. Dors bien.

FtLouie : ??????????????????

WomynRule : Terminé.

Je sens que cette nouvelle année avec Lilly ne va pas être de tout repos.

Mardi 8 septembre, en perm

MON DIEU !!!!!

Moi qui pensais que ce serait déprimant de reprendre les cours… Je vais vous dire : ça craint, et sans Michael, ça craint UN MAX.

Et je ne parle même pas de ce matin, quand je suis passée prendre Lilly. Mon cœur s'est serré en voyant que Michael n'était pas là, rasé de près et sentant bon le savon. Il n'y avait que Lilly, pas maquillée et pas coiffée, avec ses lunettes et non pas ses lentilles, car depuis que Lilly a perdu l'unique amour de sa vie, elle se fiche complètement de son physique. Grand-Mère serait ulcérée.

Moi qui ai encore moins de raisons qu'elle de m'apprêter le matin – puisque *j'ai* un petit ami –, je me suis lavé les cheveux. Après tout, c'est Lilly qui est censée rencontrer l'homme de ses rêves. Mais si vous voulez mon avis, il prendra ses jambes à son cou, comme les gens en entendant le dernier CD de Britney, si elle ne fait pas un petit effort pour être plus séduisante.

Je ne lui ai rien dit de tel, évidemment. Ce n'est pas vraiment le genre de choses qu'on aime bien entendre, au réveil.

Et puis, comme l'a fait remarquer Lilly, on a EPS en première heure. À quoi bon se doucher avant d'aller en EPS quand on sait qu'on va se doucher après ?

C'est vrai. Sauf que Lilly a regretté de ne pas avoir pris de douche pré-EPS, quand on est descendues de la limousine. Tina Hakim Baba, qui venait de descendre de SA limousine, s'est aussitôt précipitée vers nous en poussant des cris de joie et en prenant soin de ne faire aucun commentaire sur les cheveux ou les lunettes de Lilly. Bref, on était en train de s'étreindre toutes les trois quand un garçon s'est dirigé vers nous. Mes sens se sont immédiatement mis en alerte et j'ai pensé : *Attention, garçon sexy dans les parages*, parce que même si je suis prise, je ne suis pas insensible non plus, et ce garçon était si grand, si fort, si blond...

J'étais donc complètement sous le charme jusqu'à ce que je le voie prendre la main de Tina et que je reconnaisse… BORIS PELKOWSKI !!!!!!!!!!!!!!

BORIS PELKOWSKI S'EST TRANSFORMÉ EN SEX-SYMBOL AU COURS DE L'ÉTÉ !!!!!!!

Je sais que ça a l'air totalement dingue, mais c'est la pure vérité. Tina m'a raconté que le prof de violon de Boris lui avait conseillé de se mettre à l'haltérophilie pour avoir plus de résistance et mieux jouer. C'est ce qu'a fait Boris pendant ses vacances. Résultat, il a grossi de dix kilos, mais dix kilos de muscles.

Il a apparemment profité aussi de ses vacances pour se faire opérer de sa myopie et ne plus avoir à remonter ses lunettes quand il joue. Mais ce n'est pas tout ! Il ne porte plus d'appareil et a dû prendre six ou sept centimètres parce qu'il est presque aussi grand que Lars, et presque aussi baraqué.

Et je ne parle pas des reflets blonds dans ses cheveux (dus au soleil des Hamptons, d'après Tina).

À se demander s'il ne s'est pas retrouvé entre les mains des meilleurs visagistes, maquilleurs et stylistes de la ville. Sauf qu'ils ont oublié de lui rappeler de ne pas rentrer son sweat-shirt dans son pantalon. C'est à ça que j'ai reconnu Boris. Et au fait qu'il continue de respirer par la bouche. Sinon, je vous jure que je n'aurais pas deviné.

Mais MON étonnement n'était RIEN comparé à celui de LILLY! Elle l'a regardé fixement pendant une minute quand il nous a dit bonjour (même sa voix a changé ; elle est plus grave, un peu comme celle du garçon qui joue Harry Potter). Puis, une fois qu'elle n'a plus eu aucun doute sur son identité, elle est entrée dans le hall du lycée sans un mot.

Mais quand je l'ai croisée aux toilettes, avant que ça sonne, elle se mettait du rouge à lèvres et avait échangé ses lunettes pour ses lentilles de contact.

Dès que Lilly est partie, j'ai attrapé Tina par le bras et je lui ai dit : « Qu'est-ce que tu as fait à Boris ? », mais tout bas, parce que je ne voulais pas que Boris entende.

Tina m'a juré qu'elle n'y était pour rien. Elle m'a fait jurer aussi de ne faire aucun commentaire devant Boris. Il ne s'est rendu compte de rien, et elle ne tient pas particulièrement à ce qu'il découvre qu'il est devenu hyper-sexy, parce qu'elle a peur qu'il la quitte pour une fille moins grosse.

Sauf que Boris ne ferait jamais ça. Il aime trop Tina, ça se voit rien qu'à la lueur qui brille dans ses yeux dès qu'il la regarde. Surtout depuis qu'il ne porte plus de lunettes.

Qui aurait cru qu'on puisse changer autant en l'espace de deux mois ?????

Maintenant que j'y pense, Tina a peut-être raison. Avec tous les garçons de terminale partis à la fac, des tas de filles super-belles sont libres, cette année. Comme Lana Weinberger, par exemple. Je ne pense pas qu'un garçon comme Boris craque pour une fille comme Lana, mais ce qui est sûr, c'est que lorsque Lana l'a croisé devant le distributeur de boissons, elle lui a fait signe d'approcher du bout de l'index puis s'est enfoncé le même index dans la bouche avant de faire mine de vomir quand elle a reconnu Boris.

J'en conclus que TOUT LE MONDE n'a pas changé pendant les vacances.

D'après Shameeka, c'est fini entre Lana et Josh. Leur amour n'aurait apparemment pas supporté la distance : Lana a passé l'été dans sa maison de campagne à East Hampton, tandis que Josh se trouvait à South Hampton, à 6,4 km de là. Mais c'était sans doute trop pour eux.

Excusez-moi. 6,4 km, ce n'est rien. Que pensez-vous de 6 400 km, qui est la distance entre Genovia et New York ??

Pauvre, pauvre Lana. Elle me fait de la peine. Pour la première fois de ma vie, j'ai un petit ami et pas elle. Je sais qu'une princesse ne devrait pas dire ce genre de choses, mais je ne peux pas m'en empêcher. Hi hi hi hi.

Un autre avantage avec le départ de Josh, c'est que je peux m'approcher de mon casier cette année sans les trouver, Lana et lui, plaqués contre la porte avec la langue de l'un dans la bouche de l'autre.

Cela dit, le garçon qui a récupéré le casier de Josh est assez mignon. Ce doit être le correspondant d'un élève d'Albert-Einstein parce que je ne l'ai jamais vu avant. Mais il ne peut pas être en seconde : il porte une barbe de plusieurs jours. À huit heures du matin. Et quand il s'est excusé de m'avoir renversé un peu de son cappuccino sur mes bottes, alors qu'il fourrait son sac de sport dans son casier, j'ai trouvé qu'il avait l'accent sud-américain, un peu comme le garçon avec qui Audrey Hepburn décide de s'enfuir dans *Diamants sur canapé* avant de retrouver la raison (ou de perdre la tête, d'après Grand-Mère).

Qu'est-ce que je m'ennuie !! On est tous assis dans le hall pendant que la principale fait son discours de rentrée. Qu'est-ce qu'on en a à faire ? Mr. G (FRANK ! FRANK !) a l'air aussi fatigué que moi. J'adore Rocky, je l'adore de toutes les fibres de mon corps – presque autant que Fat Louie –, mais c'est dingue la puissance vocale de cet enfant ! C'est simple, il n'arrête de pleurer que si quelqu'un lui chante une chanson.

Ce qui ne me pose pas trop de problèmes dans la journée, car depuis que j'ai vu *Crossroads*, je ne peux pas m'empêcher de me demander ce que je chanterais si je devais participer à un karaoke pour gagner ma vie. Du coup, la passion de Rocky pour les chansons me permet de m'entraîner. À mon avis, je suis au point pour *Milk-shake*. Il faudrait que je travaille *Man! I Feel Like a Woman* de Shania Twain.

Mais quand Rocky se met à pleurer en plein milieu de la nuit... Je l'adore, mais même moi, la soi-disant mère poule – quand je pense que Lilly ose m'appeler comme ça. Je n'ai jamais léché Rocky comme cette femelle panda qu'ils ont présentée dans *Animal Planet* –, je n'ai qu'une envie : me mettre l'oreiller sur la tête et faire comme si je ne l'entendais pas.

Sauf que je ne peux pas, vu que c'est exactement ce que font ma mère et Mr. G. Il paraît que je lui donne de très mauvaises habitudes quand je le prends dans mes bras dès qu'il pleure.

Moi, je pense que Rocky ne pleurerait pas si tout allait bien. Et s'il s'enroulait dans sa couverture et s'étouffait ? Si personne n'allait le voir, il mourrait !

Résultat, je sors de mon lit et je vais lui chanter une petite chanson. Et dès qu'il s'endort, je retourne me coucher et j'essaie de me rendormir avant qu'il ne recommence à pleurer.

Ooooooh ! Mon téléphone portable vient de biper. J'ai reçu un texto de Michael.

BONNE CHANCE POUR LA RENTRÉE. TENDREMENT, M.

Il s'est levé super-tôt pour me souhaiter bonne chance. C'est trop mignon.

Mardi 8 septembre, en EPS

Je comprends que l'obésité soit considérée comme une épidémie aux États-Unis. Je sais que l'Américain moyen pèse cinq kilos de trop, et qu'on devrait tous marcher plus et manger moins.

Mais franchement, est-ce une raison pour obliger des jeunes filles à se changer et se doucher les unes devant les autres ?

Comme si ça ne suffisait pas de faire EPS. Comme si ça ne suffisait pas que ce soit en première heure. Comme si ça ne suffisait pas que JE DOIVE ME DÉSHABILLER DEVANT DES ÉTRANGERS.

Non, il faut en plus que je le fasse devant Mlle Lana Weinberger.

Qui a fait remarquer à voix haute, alors qu'on se changeait avant d'aller en EPS, qu'elle « adorait » mes sous-vêtements à l'effigie de la reine Amidala – je les avais mis uniquement parce qu'ils étaient censés me porter chance le jour de la rentrée, mais bien sûr, ça n'a pas marché –, sur un ton qui laissait entendre qu'elle ne pensait pas du tout ce qu'elle racontait.

Elle a voulu savoir ensuite si Genovia traversait une crise économique, dans la mesure où même la princesse achetait ses sous-vêtements en grande surface. Tout le monde n'a pas les moyens d'aller chez Agent Provocateur, comme elle et Britney Spears !

Je la déteste.

Lilly m'a déclaré de ne pas m'en faire pour elle… Lana finira par avoir « ce qu'elle mérite ».

Quoi ? Je ne sais pas.

Mardi 8 septembre en géométrie

OK. Je peux le faire.

Proposition réciproque : on obtient la proposition réciproque d'un énoncé conditionnel en interchangeant son hypothèse et sa conclusion.

L'inverse : on obtient l'inverse d'un énoncé conditionnel en interchangeant son hypothèse et sa conclusion, puis en niant les deux.

Le contraire : on obtient le contraire d'un énoncé conditionnel en niant son hypothèse et sa conclusion.

Donc : logiquement équivalent :

énoncé conditionnel : a → b

inverse de l'énoncé : non b → non a

logiquement équivalent :
fonction réciproque de l'énoncé : b → a
contraire de l'énoncé : non a → non b

PARDON ??????

Encore une fois, je dois être l'exception qui confirme la règle. Parce que si les gens qui sont mauvais en algèbre sont censés être bons en géométrie, alors je devrais être le prix Nobel de géométrie, non ? Eh bien, vous savez quoi ? Je n'ai rien compris.

Quant à Mr. Harding, il n'y a pas plus méchant que lui. Il a déjà réussi à faire pleurer Trisha Hayes devant ses triangles isocèles, ce qui est un exploit car, en plus d'être une copine de Lana, je suis sûre que Trisha est une cyborg femelle comme dans *Terminator 3*.

S'il est sympa avec moi, c'est seulement parce que l'un de ses collègues se trouve être mon beau-père. Et parce que je suis une princesse aussi. Ça sert parfois d'avoir un garde du corps d'un mètre quatre-vingt-dix assis derrière soi.

Mardi 8 septembre, en anglais

Elle est super-canon ! Tina

`Oui, tu l'as dit ! Ça fait une éternité qu'on n'a pas eu un prof qui s'habillait bien. M.`

Oui ! Et tu as vu ses cheveux ? J'adore comme ils bouclent au bout.

C'est comme ça que je veux me coiffer. On dirait Chloe dans *Smallville.*

Oui, tout à fait. Et ses lunettes, elles sont trop top !

Elles lui font des yeux de chat. Elle me fait penser à Karen O.

C'est qui ?

La chanteuse des Yeah Yeah Yeahs.

Ah oui. Moi, je trouve qu'elle ressemble à Gyneth Paltrow.

Je crois que c'est Gynneth Paltrow.

Gyhtneth, plutôt.

C'EST PAS VRAI D'ÊTRE AUSSI INCULTE ! C'EST GWYNETH PALTROW ! ÇA NE VOUS ENNUIERAIT PAS D'ARRÊTER DE VOUS PASSER DES MOTS ET D'ÉCOUTER ? POUR UNE FOIS QU'ON A UN PROF CAPABLE DE NOUS APPRENDRE QUELQUE CHOSE !!!!! L.

Qu'est-ce qui lui prend, à Lilly ?

Je ne sais pas. C'est peut-être le syndrome prémenstruel.

Oui, sans doute. Dis-moi, c'est bien le frère de Maggie qui est sorti avec Kirsten Dunst ?

Oui, c'est lui.

Qu'est-ce qu'il est mignon !!!

Enfin, heureusement que j'ai UN bon prof. Mrs. Martinez est géniale ! C'est tellement agréable d'avoir un prof jeune, dont on peut se sentir proche.

Tout en ramassant nos copies, elle nous a dit : « Sachez que vous pouvez me poser toutes les questions que vous voulez, et pas seulement celles concernant l'anglais. Je tiens vraiment à vous connaître en tant qu'ÊTRES HUMAINS et non pas uniquement en tant qu'élèves. Aussi, si vous vous sentez l'envie de venir me parler, n'hésitez pas. Ma porte vous sera toujours ouverte. »

Ouah ! Un enseignant à Albert-Einstein qui ne s'enferme pas dans la salle des profs dès la fin de son cours ??? On n'a jamais vu ça, ici !!!

Cela dit, ça m'étonnerait que Mrs. Martinez soit longtemps disponible, car dès que la cloche a sonné, une dizaine d'élèves faisaient déjà la queue à son bureau pour l'entretenir de leurs problèmes personnels. Et Lilly était la première.

J'espère que Mrs. Martinez va conseiller à Lilly de ne pas faire une fixation sur Boris. Je ne voulais pas le dire à Tina, mais c'est à cause de Boris et du fait qu'il soit devenu un sex-symbol au cours de l'été que Lilly est de si mauvais poil aujourd'hui, et pas du tout parce qu'elle souffre du syndrome prémenstruel, comme je l'ai suggéré. C'est vrai que ça craint quand on découvre que le garçon qu'on a largué s'est transformé en un Orlando Bloom.

Mais un Orlando Bloom qui ne s'y connaîtrait pas en mode et qui respirerait par la bouche.

Pourvu que Lilly ne fatigue pas trop Mrs. Martinez avec ses histoires, sinon elle n'aura pas le temps de lire nos textes ce soir. Je ne sais pas pourquoi, mais j'ai le pressentiment qu'après avoir lu le mien, elle aura envie de le soumettre à un agent littéraire qui me poussera à en faire un livre. Quinze ans, c'est assez jeune finalement pour signer un contrat avec une maison d'édition. En même temps, je ne m'en suis pas si mal sortie, jusqu'à présent, avec mon métier de princesse. Alors, un contrat avec un éditeur, ça ne devrait pas être la mer à boire.

Diagramme d'Euler = mettre en relation deux énoncés conditionnels ou plus en les représentant par des cercles.

Mardi 8 septembre, en français

Mia, le nouveau, au deuxième rang, côté porte, c'est un garçon ou une fille, à ton avis? Shameeka

`Un garçon! Il est en pantalon.`

Hé ho! Moi aussi. Je n'ai pas eu le temps de me raser les jambes ce matin.

Ho ho...

Tu vois ce que je veux dire ?

Comment il/elle s'appelle ?

Yan. Du moins, c'est ce qu'a dit Mlle Klein quand elle a fait l'appel.

Elle a dit Yanne ou Ian ? Parce que si c'est un prénom féminin, ça se prononce Yanne, mais si c'est un prénom masculin, ça se prononce Ian.

Je ne sais pas. Mlle Klein n'a pas fait l'appel en français.

Conclusion : c'est un mystère.

Oui. Du coup, je n'arrive pas à savoir s'il est mignon ou pas.

OK. Je sais ce qu'on va faire. On va le ou la surveiller et voir dans quelles toilettes il/elle entre avant de déjeuner, étant donné que tout le monde passe aux toilettes avant de déjeuner pour se remettre du gloss.

Pas les garçons.

C'est vrai. Donc, s'il ne passe pas aux toilettes, c'est que c'est un garçon, et dans ce cas, tu peux le trouver mignon.

Et si c'est une fille qui ne se met pas de gloss ?

Argh !!!! Les mystères, dans les livres, ça va, mais dans la vraie vie, ça craint.

Mardi 8 septembre, en étude dirigée

Quelle idiote je suis d'avoir pu penser que cette année serait plus agréable que l'an dernier – malgré l'absence de Michael – sous prétexte que je ne tomberais plus sur Lana et Josh en train de s'embrasser devant mon casier ?

Au moins, quand Josh était là, Lana était OCCUPÉE à autre chose qu'à m'envoyer des missiles. Maintenant qu'elle n'a plus d'homme dans sa vie, elle a tout le loisir de me torturer à nouveau. Comme aujourd'hui, au réfectoire.

En même temps, c'est un peu ma faute. Si je n'étais pas allée me chercher une deuxième glace, ça ne serait jamais arrivé. Une glace, ça devrait suffire à quelqu'un de ma taille, non ?

Mais la salade aux trois haricots était tellement dégoûtante que je n'ai pas pu résister. Avec tout l'argent que le conseil d'administration a investi dans les caméras de surveillance, on aurait pu penser qu'ils en auraient gardé UN PEU pour améliorer notre quotidien et nous servir autre chose que du surgelé. Mais non. Lilly a raison sur un point : la principale semble estimer qu'il est plus important de découvrir qui écrase ses cigarettes sur Joe que de fournir un repas décent aux élèves de son établissement.

Bref, je faisais la queue pour me reprendre une deuxième glace quand j'ai entendu quelqu'un derrière moi m'appeler. Je me suis retournée et j'ai vu Lana et Trisha Hayes, qui semblait s'être remise du savon que lui avait passé Mr. Harding – du moins suffisamment pour suivre Lana dans sa décision de m'humilier en public dès que l'occasion se présenterait.

« Alors, Mia, a commencé Lana, tu sors toujours avec ton musicien ? Michael, c'est ça ? »

J'aurais dû m'en douter, bien sûr. J'aurais dû le savoir que Lana ne cherchait pas à rattraper toutes ces années où elle ne m'a sorti que vacherie sur vacherie. J'aurais dû reposer ma glace et sortir de la queue.

Mais j'ai pensé – allez savoir pourquoi – qu'elle regrettait peut-être ce qu'elle avait dit sur mes sous-vêtements Amidala avant le cours de gym. J'ai pensé qu'elle avait peut-être changé pendant l'été, comme Boris. Sauf qu'au lieu de changer extérieurement, elle aurait changé intérieurement.

Pourquoi n'ai-je pas pensé plutôt que c'était impossible, car pour changer intérieurement, il faut avoir un cœur et Lana n'a pas de cœur.

Quoi qu'il en soit, quand j'ai répliqué : « Oui, on sort toujours ensemble », elle ne m'a pas lâchée pour autant et m'a demandé s'il avait commencé la fac.

« Oui, ai-je à nouveau répondu. Il est à Columbia. »

J'étais plutôt fière de moi car MON petit ami s'était arrangé pour aller dans une fac proche de chez moi, pas comme Josh qui est à l'autre bout du pays.

Lana a marqué une pause et m'a demandé, l'air de rien, comme si elle voulait savoir où j'avais acheté mes collants : « Et vous l'avez déjà *fait* ? »

Je l'ai regardée et j'ai dit : « Fait quoi ? », parce que je ne voyais pas du tout de quoi elle parlait. Ce n'est pas le genre de questions qu'on pose !!!

Lana a rétorqué : « Ça, imbécile », avant de se tourner vers Trisha et d'éclater de rire.

À ce moment-là seulement, j'ai compris.

Je suis devenue rouge comme une tomate. Sérieux. Aussi rouge que les ongles de Lana.

Et au lieu de me taire, j'ai déclaré : « NON, BIEN SÛR QUE NON !! », d'un air très choqué.

Parce que j'étais très choquée ! C'est un sujet que je n'ose même pas aborder avec mes meilleures amies. Je n'allais quand même pas en parler avec MA PIRE ENNEMIE. En faisant la queue au réfectoire, qui plus est.

Lana ne m'a pas laissé le temps de me ressaisir et a ajouté : « Si tu veux le garder, tu as intérêt à te dépêcher. Parce que quand on est à la fac, on le fait. »

Quand on est à la fac, on le fait.

Voilà ce que m'a dit Lana. Dans la queue au réfectoire.

Je suis restée les bras ballants, horrifiée, jusqu'à ce que Lana me donne un coup dans le ventre en lançant : « Alors, tu avances ! » et que je me rende compte que je n'avais pas bougé de place depuis les révélations qu'elle venait de me faire.

Je suis aussitôt retournée m'asseoir à la table que je partage avec Lilly, Boris, Tina, Shameeka et Ling Su, et je suis restée muette jusqu'à ce que la cloche sonne.

Personne n'a rien remarqué.

Quand on est à la fac, on le fait.

Est-ce que c'est vrai ? J'ai vu plein de films où effectivement, ça se fait, à l'université. Comme dans *Fraternity Life*, *Spring Break* et *Revenge of the Nerds*.

Sauf que les garçons ET les filles sont à l'université. Aucun des garçons dans ces films ne sort avec une fille qui est encore au lycée. Qui ne comprend rien en géométrie. Qui se trouve à la tête d'une petite principauté en Europe. Et qui est affublée d'un garde du corps d'un mètre quatre-vingt-dix.

Mon Dieu ! Est-ce que Michael espère qu'on va le faire cette année ?????

Je sais bien qu'un jour ou l'autre, la question se posera. Mais dans mon esprit, un jour, c'est dans LONGTEMPS. Aussi éloigné dans le temps que je jour où on s'engagera auprès de Greenpeace pour arrêter les baleiniers. Je tiens quand même à préciser qu'on n'est pas allés plus loin que le baiser avec la langue, Michael et moi. Bon, c'est vrai que nos corps se sont légèrement frôlés, le soir du bal du lycée, mais on ne l'a pas fait exprès et je n'ai rien senti du tout à cause de l'armature métallique de mon soutien-gorge bandeau.

Est-ce que je dois en conclure que pendant tout ce temps, j'étais censée me préparer à LE FAIRE ? Mais JE NE SUIS PAS PRÊTE. Pas prête du tout. Je ne veux même pas que Michael me voie en maillot de bain deux pièces. Alors, NUE...

MON DIEU !!! Hier soir, il m'a proposé de passer à Columbia pour me montrer comment Doo Pak et lui avaient arrangé leur chambre !!!!

ET SI C'ÉTAIT UNE INVITATION À LE FAIRE ET QUE JE NE L'AIE PAS COMPRISE PARCE QUE JE SUIS COMPLÈTEMENT NULLE EN AMOUR ?????

Qu'est-ce que je vais faire ? Il faut que JE parle à quelqu'un. Mais à QUI ? Je ne peux pas parler à Lilly : c'est la sœur de Michael. Je ne peux pas non plus parler à Tina : elle m'a dit que le plus beau cadeau qu'une femme peut offrir à un homme, c'est la fleur de sa virginité, et qu'elle gardait la sienne pour le prince William, vu qu'il ne peut épouser qu'une vierge.

Mais si elle n'a toujours pas réussi à le rencontrer avant le bal qui clôturera ses études secondaires, elle veut bien consentir à l'offrir à Boris.

Je ne peux pas non plus en parler à ma mère : elle arrive à peine à se concentrer sur ce sur quoi elle est censée se concentrer – comme l'éducation de mon petit frère. Ce n'est pas la peine de la perturber avec les problèmes de sa fille adolescente. Et puis, je sais ce qu'elle ferait : elle me prendrait rendez-vous chez sa gynéco. Excusez-moi, mais berk.

De toute évidence, je ne peux absolument pas en parler avec papa : il ferait assassiner Michael par la Garde royale de Genovia.

Grand-Mère, elle, me tapoterait gentiment la main avant d'aller le raconter à toutes ses amies.

Ce qui me laisse qui ? Je vais vous le dire : MICHAEL. Il va falloir que je parle de ÇA avec MICHAEL.

Qu'est-ce que suis ? DÉBILE ???? Je ne peux pas parler de ça avec un GARÇON !!!!! Et surtout pas CE garçon !!!!!

QU'EST-CE QUE JE VAIS DEVENIR ???????

Mon Dieu, je crois que je vais avoir une attaque. Je ne plaisante pas. Mon cœur bat super-vite. Il va exploser, j'en suis sûre. Il faut que j'aille à l'infirmerie. Je vais...

Mrs. Hill m'a demandé si j'allais bien. Comme c'est le jour de la rentrée, elle fait comme si elle avait l'intention de nous surveiller, cette année. Elle nous a fait remplir une fiche dans laquelle on devait expliquer notre but du semestre à venir. J'ai jeté un coup d'œil à la feuille de Boris. Il a écrit :

Apprendre à jouer par cœur le Concerto Royal *d'Anton Dvořák et remporter un Grammy, comme mon héros, Joshua Bell.*

Si vous voulez mon avis, ce n'est pas un but très réaliste. Mais Boris étant devenu presque aussi sexy que Joshua Bell, c'est peut-être possible si le jury des Grammy s'intéresse à l'aspect sexy des violonistes.

J'ai essayé de voir quel était le but de Lilly, mais elle a posé sa main sur sa feuille et m'a dit :

« Écarte-toi, mère poule. »

Elle ne m'aurait pas rabrouée si méchamment si elle avait su dans quel tourment je suis par rapport à l'avenir de ma relation avec son frère.

Comme je ne savais pas quoi mettre – je ne sais même pas pourquoi je suis en étude dirigée –, j'ai marqué : *Écrire un roman et ne pas être trop nulle en géométrie.*

Je n'arrive pas à croire que Mrs. Hill n'ait pas vu que j'étais sur le point de me sentir mal. De toute façon, Mrs. Hill ne remarque jamais rien, vu qu'en général, elle s'enferme dans la salle des profs quand elle doit nous surveiller.

Mais je lui ai dit que j'allais bien.

La vérité, c'est que plus jamais je n'irai bien, et tout ça, à cause de Lana.

Mardi 8 septembre, en éducation civique

THÉORIES DU GOUVERNEMENT

DROIT DIVIN – création du gvt = intervention divine ds affaires humaines. Religieux et séculaire mêlés. Gens moins tendance à critiquer gvt créé par Dieu. Ds civilisation chrétienne, rois se servent de bénédiction de l'Église pour affirmer que monarque = dirigeant légitime.

{Hé ho, sauf à Genovia, où c'est le roi d'Italie, et non pas Dieu, qui a donné le trône à mon ancêtre Rosagunde pour la remercier de la bravoure dont elle a fait preuve sur le champ de bataille. Ou dans sa chambre, puisque c'est là qu'elle a tué l'ennemi mortel de son peuple, Alboin. Ça fait du bien de se dire qu'au moins un membre de ma famille a été bon dans l'enceinte de sa chambre. Je ne sais pas pourquoi, mais j'ai le pressentiment que, moi, je vais être assez mauvaise. Il ne faut pas oublier que je ne supporte même pas de ME voir nue ! Alors quelqu'un d'autre...}

John Locke : philosophe du XVIIe, opposé au Droit Divin : pour lui, gouvernement légitime seulement si fondé sur consentement du peuple gouverné.

Bravo, John Locke ! Bien fait pour tous les rois et pharaons qui racontaient que c'était Dieu qui les avait mis sur le trône ! Et tac !!!!

Mardi 8 septembre en SVT

Super. Comme si ma journée n'avait pas suffisamment mal commencé comme ça. Devinez à côté de qui je vais devoir m'asseoir en SVT pendant tout le semestre ? Voyons voir. Quelle lettre arrive avant T ? Oui, c'est ça : S. S comme Showalter. Kenny Showalter.

Franchement. C'est mon mauvais karma aujourd'hui ou quoi ?

Boris n'est pas le seul à avoir changé au cours de l'été : Kenny a pris au moins cinq centimètres. Mais lui n'a pas grossi, c'est le moins qu'on puisse dire. On dirait l'Épouvantail dans *Le Magicien d'Oz*.

Sans les oreilles pointues, bien sûr.

À l'inverse de l'Épouvantail, Kenny a un cerveau. Ce qui signifie qu'il n'a pas oublié qu'on est sortis ensemble. Et que je l'ai quitté pour Michael, même si, techniquement parlant, c'est lui qui m'a quittée. En tout cas, il tient à me le rappeler. La preuve, il m'a déclaré : « Mia, j'espère que tu pourras mettre ta rancœur de côté et qu'on pourra travailler ensemble intelligemment pendant ce semestre. »

Je lui ai répondu que j'essaierai. Vous savez quoi ? Si je continuais à sortir avec Kenny et que Lana m'ait dit ce qu'elle m'a dit, au réfectoire – que Kenny s'attendait à le faire avec moi –, je lui aurais ri au nez.

Mais Michael, c'est différent.

Au fait, qu'est-ce que Lana connaît aux garçons qui sont en première année de fac ? Après tout, elle n'est jamais sortie avec l'un d'eux ! Peut-être qu'elle se trompe complètement au sujet de Michael !

Je regrette de ne pas avoir eu la présence d'esprit de lui répondre ça !

Kenny vient de me demander si j'avais l'intention de passer le semestre à tenir mon journal en SVT et si je comptais sur lui pour faire tout le travail, comme à l'époque où on partageait la même paillasse. Excusez-moi, mais il réécrit l'histoire. Je ne tenais pas mon journal, l'an dernier, en SVT.

Bon, d'accord. De temps en temps. Mais c'est Kenny qui me proposait de s'occuper de tout le boulot, et de le recopier ensuite. Il aime ça, non ? Et il est bon. Alors, de qui se moque-t-on ?

Si les gens se concentraient un peu plus sur ce qui les regarde, peut-être que notre monde irait mieux.

J'ai intérêt à ranger mon journal, sinon Kenny va penser que je cherche à profiter de lui. Et alors, il pensera que je dois LE FAIRE avec lui, en guise de compensation.

AU SECOURS !!!!!!!!!!!!!!!!!!!!!!!!!!

Mécaniques orbitales – changements à long terme.

1. Forme de l'orbite en cycle non constant : ellipse extrême sur 100 000 ans.

2. Angle d'inclinaison des axes varie : de 22° à 24,30° sur 48 400 années.

3. Précession : 21 000 ans.

Devoirs :

Géométrie : exercices p. 11-13
Anglais : p. 4-14
Français : écrire une histoire
Éduc. Civ. : quel est le fondement du droit divin ?
SVT : section 1. Définition de périgée/apogée

Mardi 8 septembre, pendant la réunion d'information

Il devrait exister un amendement constitutionnel pour abolir les réunions d'information de début d'année. Et l'EPS aussi, pendant qu'on y est.

Non seulement, c'est une vaste perte de temps (c'est bon, on est au courant du règlement, on a eu droit au même discours l'an dernier), mais je commence à me demander si ce n'est pas aussi un prétexte pour que les profs fassent un break. Mrs. Hill vient de sortir en douce du gymnase. À tous les coups, elle est allée fumer une cigarette. Il n'y a pas qu'à l'entrée du lycée qu'on devrait installer des caméras de surveillance, si vous voulez mon avis.

En tout cas, quand on réunit mille adolescents dans la même salle, vous pouvez être sûr qu'il y aura du grabuge. La principale Gupta s'en est déjà prise aux pom-pom girls qui s'amusaient à lancer des boulettes de papier aux élèves du club de théâtre qui, pour une fois, ne faisaient rien. Sauf se donner des allures bizarres, avec leurs cheveux teints et leurs piercings.

Et j'ai aperçu deux membres du club informatique se cacher derrière les gradins, des expressions diaboliques au visage. Ça ne m'étonnerait pas qu'ils lâchent leur robot tueur, programmé au préalable pour déclencher le règne de la terreur sur Terre.

La principale est en train de nous dire qu'elle est super-heureuse de nous revoir tous. Elle avait à peine fini sa phrase que Lilly a levé la main. Mais la principale lui a lancé : « Pas maintenant, Lilly », et elle a continué son discours. Résultat, Lilly, qui est assise à ma droite, peste tout bas contre elle.

À ma gauche, Tina joue au pendu avec Boris. Elle n'a trouvé que la lettre E jusqu'à présent et a déjà la tête et le corps pendus. Le mot à deviner est :

– – – – – – – – E – –

Je n'arrive pas à croire qu'elle n'ait pas encore deviné. Mais je ne vais pas l'aider. Ce qu'elle fait avec son petit ami ne regarde qu'elle. Tout comme ce que je fais avec MON petit ami ne regarde que moi. Du moins, ça ne regarderait que moi si je faisais quelque chose avec lui. Ce qui n'est pas le cas. Et ce qui me pose un méga-problème, parce qu'il risque de me plaquer pour une fille de la fac qui, ELLE, le fera avec lui.

Et pourquoi je ne LE ferais pas ? Les gens LE font tout le temps. Après tout, je ne serais pas ici si mon père et ma mère ne l'avaient pas...

Génial. J'ai envie de vomir maintenant. Pourquoi faut-il que j'y pense ? À ma mère et à mon père en train de le faire. Berk. C'est pire que d'imaginer maman et Mr. G...

Ça y est. Je vais vomir!!!!!

La principale Gupta nous vante en ce moment les formidables clubs qui existent à Albert-Einstein en dehors des heures scolaires. Lilly a de nouveau levé la main, et la principale lui a de nouveau répondu : « Pas maintenant, Lilly. »

Bref, personne n'écoute ce qu'elle dit.

Tina a trouvé une nouvelle lettre. Voilà où elle en est :

– – – – – – A – – E – –

Mais Boris a rajouté deux bras à son pendu. Pourquoi Tina n'essaie-t-elle pas la lettre L ? Elle est idiote ou quoi ?

Maintenant la principale nous présente les assistants étrangers qui dirigent les clubs extra-scolaires. Le garçon, qui a récupéré le casier de Josh et qui m'a renversé du café sur les pieds ce matin, est en fait un correspondant brésilien du nom de Ramon Riveras. Il s'occupe du club de foot.

Ce qui devrait ravir les pom-pom girls. Surtout s'il retire son tee-shirt comme Josh et fait le tour du stade chaque fois qu'il marque un but.

Pour l'instant, Ramon est assis à côté de Lana et de Trisha, et de tous les élèves populaires du lycée. Comment il a deviné ? Il n'est même pas d'ici. Comment il a su que c'était à côté d'eux qu'il fallait s'asseoir ? Est-ce parce qu'il est lui-même populaire ? Est-ce que les gens populaires se reconnaissent entre eux ?

La principale Gupta en est au comité des délégués de classe. Elle nous invite à en faire partie : c'est, dit-elle, une occasion formidable de montrer notre esprit de corps et cela fait toujours bien sur notre dossier scolaire. Elle essaie également de nous faire croire que n'importe qui peut se présenter à la présidence. Ben voyons. Tout le monde sait que seuls les élèves populaires sont élus. Lilly se présente tous les ans et elle n'a jamais été choisie. Elle s'est fait battre l'an dernier par Nancy di Blasi, et on ne peut pas dire que Nancy di Blasi brille par son intelligence. Elle était à la tête des pom-pom girls et passait plus de temps à organiser des ventes de gâteaux pour qu'elle et ses copines puissent suivre les joueurs de foot en déplacement, qu'à faire pression auprès de l'administration pour obtenir de vraies réformes concernant notre vie de lycéens.

La principale Gupta aimerait savoir qui se présente, cette année. Lilly a levé la main. Elle a fait mine de ne pas la voir.

« Personne ? » a insisté la principale.

À côté de moi, Tina vient de demander à Boris s'il y avait un Y dans son mot.

Mais c'est pas vrai! Je ne peux plus me retenir! C'est peut-être dû à la menace de la défloration qui plane au-dessus de moi. Ou au fait que je ne pourrai plus jamais jouer au pendu avec l'amour de ma vie pendant les réunions d'information de début d'année, mais j'ai craqué :

« C'est JOSHUA BELL, OK? JOSHUA BELLL!

— Ah, mais oui, bien sûr! » s'est exclamée Tina.

Ramon Rivera rit à quelque chose que Lana lui a soufflé à l'oreille.

Lilly agite la main comme une malade. Vu qu'elle est la seule à s'intéresser à ce que raconte la principale, celle-ci n'a pas pu faire autrement que de se tourner vers elle : « Lilly, lui a-t-elle dit, nous en avons déjà parlé l'an dernier. Tu ne peux pas te proposer comme candidate à la présidence du comité des délégués de classe. Quelqu'un doit proposer ton nom. »

Lilly s'est redressée et a répondu : « Je ne me propose pas, cette année. JE PROPOSE MIA THERMOPOLIS!!! »

Mardi 8 septembre, dans la limousine, en chemin pour le Plaza

Franchement, je vous le demande : pourquoi est-ce que je suis amie avec elle?

Mardi 8 septembre, au Plaza

Première leçon de princesse de l'année et – Dieu merci –, Grand-Mère est au téléphone. Elle vient de m'indiquer d'un claquement de doigts de jeter un coup d'œil à la table basse, au milieu de sa suite. Elle est couverte de fax et de lettres de récrimination de divers membres de la communauté scientifique française et de l'Institut océanographique de Monaco.

Je suppose qu'ils sont fous de rage à cause des limaces.

Et alors ! Comme si je n'avais pas d'autres soucis en ce moment que de calmer une bande de biologistes marins en colère. Un, si je veux garder mon petit ami, il va falloir que je LE fasse, et deux, j'ai été proposée comme candidate à la présidence du comité des délégués de classe d'Albert-Einstein.

Sincèrement, je ne sais pas à quoi pensait Lilly. Est-ce qu'elle a cru un seul instant que j'allais répondre : « Présidente du comité des délégués de classe ? Pourquoi pas ? Vous savez, je suis l'unique héritière du trône de tout un pays. Ce qui me laisse un maximum de temps libre. »

N'IMPORTE QUOI !!!! J'ai saisi la main de Lilly et je l'ai forcée à l'abaisser. « ÇA VA PAS ?????? » ai-je dit entre mes dents parce que, bien sûr, tout le monde dans le gymnase me regardait, y compris Yan et Ramon Riveras, ainsi que le garçon qui n'aime pas qu'on mette du maïs dans le chili. Mais au fait, il ne devrait pas être à l'université, cette année, celui-là ?

« *Ne t'inquiète pas*, a murmuré Lilly. *J'ai un plan.* »

Apparemment, une partie de son plan consistait à pincer très fort Ling Su au moment où la principale demandait : « Est-ce que quelqu'un d'autre soutient cette candidature ? » pour qu'elle réplique « Moi, madame la principale ! »

J'avais l'impression de vivre un cauchemar. Pire, même, parce que le garçon au chili n'est jamais présent dans mes cauchemars.

« Mais... », ai-je commencé à protester avant que Lilly ne me pince très fort à mon tour.

« Mia Thermopolis accepte de se présenter aux élections ! » a lancé Lilly.

Je dois dire que la principale avait l'air presque aussi interloquée que moi. « Eh bien, Mia, puisque tu sembles être d'accord... »

Au même moment, Trisha Hayes a bondi sur ses pieds et a hurlé : « Moi, je propose Lana Weinberger comme candidate !

— Formidable ! » s'est exclamée la principale, après que Ramon Riveras a appuyé la proposition de Trisha – mais seulement parce que Lana lui a donné un coup de coude, assez fort, m'a-t-il semblé. « Des élèves de première année veulent-ils proposer l'un de leurs camarades? a alors demandé la principale. Non? Je ne manquerai pas de noter votre absence d'enthousiasme. Très bien. Mia Thermopolis et Lana Weinberger sont donc les deux candidates à la présidence du comité des délégués de classe. Mesdemoiselles, je compte sur vous pour mener une campagne honnête. Les élections auront lieu lundi prochain.»

Et voilà. Je me présente aux élections. Contre Lana Weinberger.

Ma vie est fichue.

Lilly n'arrête pas de me dire que ce n'est absolument pas vrai et qu'elle a un plan. Sauf que la candidature de Lana n'en faisait pas partie. «Je n'arrive pas à croire qu'elle ait fait une chose pareille, a-t-elle pesté alors qu'on sortait du gymnase, à la fin de la réunion. C'est parce qu'elle est jalouse, j'en suis sûre!» Mais d'après Lilly, que Lana se présente aux élections ne changera rien, parce que personne ne votera pour elle vu que tout le monde la hait.

Tout le monde ne hait PAS Lana. Lana est l'une des filles les plus populaires du lycée. Tout le monde votera pour elle, oui.

«Mais Mia, tu es pure et tu as un cœur d'or, a fait remarquer Boris. Les êtres purs au cœur d'or battent toujours les forces du mal.»

Oui, c'est ça. Dans des livres comme *Bilbo, le Hobbit.*

Quant à ma pureté, parlons-en. À cause d'elle, je ne vais pas tarder à perdre mon petit ami.

« Tu n'auras rien à faire, je me charge de tout, m'a expliqué Lilly, alors que je montais dans la limousine pour me rendre au Plaza. Je serai ta directrice de campagne. Et ne t'inquiète pas ! *J'ai un plan !* »

Je ne sais pas pourquoi Lilly pense que le fait d'avoir un plan va me rassurer. Ça ne me rassure pas du tout, au contraire même.

Grand-Mère vient de raccrocher.

« Bien, a-t-elle dit (elle en est à son deuxième Sidecar[1] depuis mon arrivée). J'imagine que tu es contente de toi. Toute la Communauté européenne est sens dessus dessous à cause de toi.

— Pas toute la Communauté, me suis-je permis de corriger avant de ressortir les deux ou trois fax dans la pile qui approuvaient mon action.

— Pfuit ! a fait Grand-Mère. Qui se soucie de ce que pensent les pêcheurs ! Ce ne sont pas vraiment des experts en la matière.

— Peut-être, mais il se trouve que ce sont des pêcheurs de Genovia, c'est-à-dire mes sujets. Mon devoir n'est-il pas de protéger mon peuple ?

---

1. Le Sidecar est un cocktail à base de liqueur d'orange, de brandy et de jus de citron.

— Pas au prix d'une rupture des relations diplomatiques avec tes voisins, a rétorqué Grand-Mère, les lèvres tellement pincées qu'on ne les voyait presque plus. C'était le Premier ministre français, et il… »

Le téléphone a sonné de nouveau, à mon grand soulagement. Zut ! Si j'avais su que lâcher dix mille limaces dans la baie de Genovia m'aurait épargné mes leçons de princesse, je l'aurais fait plus tôt.

En même temps, ça m'embête que tout le monde m'en veuille. Mais qu'est-ce que j'aurais dû faire, à votre avis ? Rester les bras croisés et laisser cette algue géante détruire le gagne-pain des familles qui vivent depuis des siècles de la mer ? Sans parler des créatures innocentes, comme les phoques et les marsouins, dont la survie dépend du varech que *Caulerpa taxifolia* étouffe. Vous pensez vraiment que moi, Mia Thermopolis, j'aurais laissé une catastrophe écologique de cette taille se produire sous mon nez, quand je connaissais un moyen – bien que théorique – pour l'empêcher ?

« C'était ton père, a déclaré Grand-Mère après avoir brusquement raccroché. Il est totalement désemparé. Il a reçu un appel du Musée océanographique de Monaco. Apparemment, tes limaces ont commencé à envahir *leur* baie.

— Tant mieux », ai-je répondu.

Cette rébellion écologique me plaît. Elle me permet de penser à autre chose qu'à mon petit ami, qui va me quitter si je ne LE fais pas, et aux élections pour la présidence du comité des délégués de classe, qui va m'opposer à la fille la plus populaire de tout le lycée.

« Tant mieux ? » a répété Grand-Mère en se levant si brusquement que Rommel, son caniche nain, qui était tranquillement assis sur ses genoux, s'est retrouvé par terre. Mais Rommel a heureusement l'habitude de ce genre de traitement et il s'est entraîné à retomber sur ses pattes comme un chat. « *Tant mieux* ? a redit encore une fois Grand-Mère. Amelia, je ne prétends pas m'y connaître beaucoup dans ce domaine. Je trouve même que c'est faire beaucoup d'histoire pour une malheureuse plante et quelques limaces. Mais j'aurais cru que toi, entre tous, aurais su (elle a ramassé un fax et l'a lu à voix haute) "que l'introduction d'une nouvelle espèce dans un environnement étranger peut le détruire totalement..."

— Ceux qui ont lâché *Caulerpa taxifolia* dans la Méditerranée n'avaient qu'à y penser, l'ai-je interrompue. Car c'est à cause d'eux qu'on en est là. Moi, je me suis contentée d'introduire un gastéropode des mers d'Amérique du Sud pour réparer LEUR bêtise.

— N'as-tu RIEN retenu de ce que je t'ai appris l'an dernier, Amelia ? s'est écriée Grand-Mère. Que fais-tu du tact, de la diplomatie ou du SIMPLE BON SENS ?

— JE M'EN FICHE DE TON TACT OU DE TA DIPLOMATIE !!!!!!! »

OK, je n'aurais peut-être pas dû hurler aussi fort. Mais FRANCHEMENT, quand VA-T-ELLE ME LÂCHER ???? Ne voit-elle pas que j'ai d'autres chats à fouetter ?

Grand-Mère m'a toisée de son regard diabolique et a dit : « Eh bien ? »

C'est tout. Juste « Eh bien ? »

Même si je savais que j'allais le regretter, j'ai répondu : « Eh bien… quoi ?

— Eh bien, qu'est-ce qu'il se passe ? a-t-elle insisté. Ne cherche pas à nier, Amelia. Tu es incapable de cacher ce que tu ressens, comme ton père d'ailleurs. Alors, qu'est-il arrivé aujourd'hui au lycée qui te tracasse autant ? »

C'est ça, oui. Comme si j'allais parler de ma vie sentimentale à Grand-Mère.

En même temps, je dois reconnaître que la dernière fois – pour le bal du lycée –, elle m'a donné quelques petits conseils utiles. Grâce à elle, je suis allée au bal, non ? Mais ce n'est pas une raison pour que je lui avoue ma crainte d'être abandonnée par mon petit ami si je refuse de LE faire !

« Lilly m'a proposée comme candidate à la présidence du comité des délégués de classe », ai-je répondu, parce qu'il fallait bien que je réponde quelque chose. Grand-Mère est capable de faire preuve de beaucoup de ténacité quand elle attend une réponse.

« Mais c'est une excellente nouvelle ! » s'est-elle écriée.

L'espace d'une minute, j'ai cru qu'elle allait m'embrasser. Aussi, j'ai baissé la tête, et elle a fait mine de se pencher en avant pour caresser Rommel. Ce qui, après tout, était peut-être sa véritable intention. Grand-Mère n'est pas le genre bisou-bisou. Du moins avec moi. Avec Rocky, c'est autre chose. Elle l'embrasse tout le temps. Et on ne peut pas dire qu'elle ait un lien de parenté avec lui, techniquement parlant.

C'est pour ça que j'ai acheté des lingettes antibactériennes. Pour essuyer Rocky après le passage de Grand-Mère. Qui sait où elle a laissé traîner ses lèvres dans la journée, hein ?

Enfin.

« Ce n'est pas du tout une excellente nouvelle ! » ai-je hurlé. Pourquoi suis-je la seule qui s'en rende compte ? « Parce que l'autre candidate qui se présente s'appelle Lana Weinberger et que c'est la fille la plus populaire du lycée ! »

Grand-Mère a fait tourner les glaçons de son Sidecar.

« C'est une situation des plus intéressantes, a-t-elle affirmé d'un air songeur. En outre, il n'y a aucune raison pour que tu te fasses battre par cette Shana. N'oublie pas que tu es princesse ! Qu'est-elle, elle ?

— Une pom-pom girl, ai-je répondu. Et c'est Lana, pas Shana. Je tiens par ailleurs à te préciser que dans la vraie vie, comme au lycée, être une princesse n'est PAS un avantage.

— C'est une ineptie ! a déclaré Grand-Mère. Être de sang royal est TOUJOURS un avantage.

— Ha ! Va dire ça à Anastasia ! » ai-je répliqué. Car, comme vous le savez tous, Anastasia a été tuée justement parce qu'elle était de sang royal.

Mais à ce moment-là, Grand-Mère ne m'écoutait plus.

« Des élections au lycée, murmurait-elle, le regard dans le lointain. Oui, ça pourrait être idéal...

— Je suis contente que ça *te* fasse plaisir, ai-je fait observer avec mauvaise grâce, je l'admets. Parce que, au cas où tu ne le saurais pas, j'ai d'autres soucis en tête. Par exemple, je suis quasi sûre de ne pas avoir la moyenne en géométrie, ce semestre, et puis, sortir avec un garçon qui se trouve déjà à l'université, ce n'est pas évident... »

Mais encore une fois, Grand-Mère ne m'écoutait pas.

« Quel jour ont lieu ces élections ? m'a-t-elle brusquement demandé.

— Lundi », ai-je répondu.

Je l'ai regardée en plissant les yeux. Finalement, ce n'était peut-être pas une très bonne idée de lui parler de Michael et de mon problème. Mais en quoi cette histoire d'élections pouvait-elle l'intéresser ?

« Pourquoi tu veux connaître le jour des élections ? ai-je dit.

— Oh, comme ça », a-t-elle répondu en ramassant les fax et les lettres sur la table avant de les jeter dans la corbeille, près de son bureau. « Peut-on reprendre la leçon d'aujourd'hui, Amelia ? Je pense que tu devrais revoir ta façon de t'exprimer en public, étant donné les circonstances. »

Sérieusement : vous ne trouvez pas que ça fait beaucoup, déjà que ma meilleure amie soit psychotique. Faut-il EN PLUS que ma grand-mère perde la tête au même moment ?????

Mardi 8 septembre, à la maison

Apparemment, il était écrit que cette journée serait ratée, car quand je suis rentrée, la pagaille la plus totale régnait dans l'appartement. Rocky braillait, Maman le berçait en lui chantant *My*

Sharona et Mr. G était assis à la table de la cuisine et hurlait au téléphone.

Il ne m'en a pas fallu plus pour deviner qu'il s'était passé quelque chose. Rocky déteste *My Sharona*. Bien sûr, je ne m'attends pas à ce qu'une femme, qui emmène son bébé de trois mois à une manifestation se terminant par des jets de pierre dans une vitrine de Starbucks, se rappelle les chansons que son enfant aime ou n'aime pas. Mais *My Sharona* a le don de faire vomir Rocky, surtout le début, quand ça fait « M-m-m-my » et qu'on le secoue en plus, ce que ma mère était justement en train de faire, ne voyant manifestement pas l'espèce d'écume blanche qui coulait le long de son épaule.

« Que se passe-t-il, maman ? ai-je demandé.

— C'est ma mère, a-t-elle répondu en haussant la voix pour se faire entendre. Elle veut venir avec pépé, parce qu'ils n'ont pas encore vu le bébé.

— C'est tout ? Où est le problème ? » ai-je fait.

Ma mère m'a regardée en ouvrant de grands yeux.

« Où est le problème ? a-t-elle répété. Tu sembles oublier que c'est MA MÈRE, et je ne veux pas d'elle ici !

— Très bien, ai-je rétorqué. Tu n'as qu'à...

— Aller là-bas, a fini ma mère à ma place, tandis que Rocky passait aux décibels supérieurs.

— Non, deux places, précisait Mr. G au téléphone. Je veux juste deux places. Le troisième passager est un nourrisson.

— Maman, ai-je repris en la débarrassant de Rocky tout en évitant soigneusement les régurgitations qui s'écoulaient de sa bouche comme la lave du Krakatoa. Tu crois que c'est une bonne idée ? Rocky est un peu jeune pour prendre l'avion. Pense à tout cet air recyclé. Un passager atteint du virus Ebola pourrait éternuer et contaminer tout l'avion. Et la ferme, tu y as pensé à la ferme ? N'as-tu pas entendu parler de ces écoliers qui ont attrapé l'Ecoli en caressant les animaux d'un zoo ?

— Si c'est le seul moyen d'empêcher mes parents de venir, je suis prête à courir le risque, a répondu ma mère. Est-ce que tu sais à combien s'élevait leur facture de mini-bar la fois où ton père les a installés au SoHo Grand Hôtel ?

— D'accord », ai-je dit, entre deux couplets de *Independant Woman*. J'ai toujours réussi à calmer Rocky en lui chantant *Independant Woman*.

Finalement, Rocky est beaucoup plus R&B que rock.

« On part quand ? ai-je demandé.

— Tu ne viens pas, a précisé ma mère. Il n'y a juste que Frank et moi. Et Rocky, bien sûr. Tu as école. Frank va prendre une journée. »

Je savais que c'était trop beau pour être vrai. Je ne parle évidemment pas du risque que mon frère tombe malade, mais du départ en Indiana, qui m'aurait permis d'échapper aux élections et à l'éventuelle rupture avec Michael.

Résultat, ça m'a fait y repenser.

Aussi, j'ai suivi ma mère dans la chambre de Rocky, où elle devait sans doute ranger ses vêtements avant le coup de fil de mémé.

« Maman ? Je peux te parler ? ai-je dit.

— Bien sûr, a répondu ma mère, mais sur un ton qui laissait entendre qu'elle n'était pas du tout d'humeur à parler. De quoi s'agit-il ?

— Eh bien... », ai-je commencé.

Après tout, c'est ELLE qui m'avait dit un jour que je pouvais l'entretenir de tous les sujets que je voulais.

« Quel âge avais-tu la première fois que tu as couché avec un garçon ? » lui ai-je donc demandé.

Je m'attendais à ce qu'elle réponde : « J'étais à l'université », mais j'imagine qu'elle était trop occupée à fourrer les pyjamas de Rocky dans sa minuscule commode et qu'elle n'a pas réfléchi quand elle m'a dit :

« Mon Dieu, Mia, je ne sais plus. Je devais avoir une quinzaine d'années, je crois. »

Elle a dû alors mesurer ses paroles et se rappeler que c'est exactement mon âge, car elle a brusquement retenu sa respiration et m'a regardée d'un air affolé en s'écriant : « MAIS NE CROIS PAS QUE J'EN SUIS FIÈRE !!!! »

Une seconde après, elle parlait à la vitesse d'une mitraillette.

« C'était en Indiana, Mia, disait-elle. Il n'y avait pas grand-chose à faire, et c'était il y a vingt ans ! Les années 80 ! On vivait autrement, à cette époque. On pensait que George Michael était hétéro ou que Madonna n'aurait pas duré. Les choses étaient DIFFÉRENTES, alors. »

Comme je ne trouvais rien à rétorquer, je me suis contentée de dire : « Je n'arrive pas à croire que papa et toi, vous n'aviez que quinze ans quand vous l'avez fait pour la première fois. »

Mais devant l'expression d'étonnement de ma mère, j'ai pensé : Mais bien sûr que non ! Elle n'a rencontré papa qu'à la fac !

« MAMAN ! ai-je hurlé. QUI ÉTAIT-CE ?

— Il s'appelait Donald », a-t-elle répondu, avec brusquement le regard ailleurs, soit parce que Donald était hyper-sexy, soit parce que Rocky s'était enfin endormi et bavait sur le blason de ma veste d'uniforme, et que pour une fois, l'appartement était silencieux. « Donald Jenkins. »

DONALD ???? L'homme à qui ma mère a offert la précieuse fleur de sa virginité s'appelait DONALD ????

Personnellement, je ne coucherais JAMAIS avec un garçon qui s'appelle Donald.

Mais c'est vrai que mon opinion ne compte pas vraiment puisque je doute qu'un jour, je couche avec un garçon.

« Eh bien ! a repris ma mère, toujours l'air ailleurs. Ça fait une éternité que je n'ai pas pensé à lui. Je me demande ce qu'il est devenu.

— PARCE QUE TU NE LE SAIS PAS ? » ai-je crié, suffisamment fort pour que Rocky sursaute. Mais il a replongé dans le sommeil dès que j'ai entonné le début de *Trouble* de Pink.

« Je sais qu'il est entré à l'université, a répondu ma mère, et je suis quasi sûre qu'il a épousé April Pollack, mais…

— QUOI ? » l'ai-je à nouveau interrompue.

Mais c'est dégoûtant ! Pas étonnant que ma mère soit si bizarre.

« Il sortait avec deux filles à la fois ?

— Mais non, pas du tout, a corrigé ma mère. Il est sorti avec April quand on a cassé, tous les deux. »

J'ai hoché la tête d'un air entendu.

« Tu veux dire qu'il t'aimait et qu'il t'a quittée ? » ai-je demandé. Exactement comme Dave El Farouq et Tina Hakim Baba !

« Non, Mia, a répondu ma mère en riant. C'est incroyable comme la vie, avec toi, ressemble à une chanson country. La réalité est tout autre. On est sortis ensemble, c'était super, et puis, je me suis rendu compte que je rêvais de quitter Versailles, et lui pas. Du coup, je suis partie et il est resté. Et il a épousé April Pollack.

— Mais, maman, ai-je déclaré en la regardant droit dans les yeux, tu l'aimais ?

— Bien sûr que je l'aimais ! s'est-elle exclamée. Donald Jenkins ! Quand j'y pense ! »

Je n'en reviens toujours pas que ma mère ne soit plus en contact avec le garçon à qui elle a offert sa virginité ! Quel genre d'école fréquentait-elle ?

« Mais pourquoi me poses-tu toutes ces questions, Mia ? m'a-t-elle brusquement demandé. Est-ce que Michael et toi...

— Non, ai-je répondu en m'empressant de lui rendre Rocky.

— Mia, tu sais que si tu veux m'en parler, tu…

— Je ne veux pas », ai-je rétorqué très vite. Très, très vite.

« Parce que si tu…

— Je ne rien du tout, l'ai-je coupée. Il faut que j'aille faire mes devoirs. »

Et sans lui laisser le temps de me rappeler, j'ai filé dans ma chambre où je me suis enfermée à double tour.

Je dois avoir un problème. Je ne plaisante pas. Parce que rien qu'à la tête de ma mère quand elle repensait à Donald Jenkins, on devine qu'elle a eu du bon temps. À LE faire, je veux dire. Tout le monde semble aimer LE faire. Au cinéma, à la télé, partout. Tout le monde semble penser que LE faire, c'est ce qu'il y a de mieux sur terre.

Tout le monde, sauf moi. Pourquoi est-ce que je suis la seule qui, lorsqu'elle pense à LE faire, a brusquement les mains moites… Je suis sûre que ce n'est pas une réaction normale. Ce doit être une autre de mes anomalies génétiques, comme l'absence de glandes mammaires et la taille de mes pieds.

Attention, je ne suis pas en train de dire que je ne veux pas LE faire. Je VEUX bien. Enfin, je suppose que c'est ce que je veux, quand on s'embrasse Michael et moi, et que l'odeur de son cou me donne envie de lui sauter dessus. Ce doit sûrement être une indication de mon désir de LE faire, non ?

Sauf que pour LE faire, il faut se déshabiller COMPLÈTEMENT DEVANT CELUI OU CELLE AVEC QUI ON VA LE FAIRE. À moins d'être comme les juifs hassidiques qui le font à travers un trou dans leur chemise de nuit, comme Barbara Streisand dans *Yentl*.

Quoi qu'il en soit, je ne pense pas être prête à ME DÉSHABILLER DEVANT MICHAEL. Déjà que j'ai du mal devant Lana Weinberger dans les vestiaires du gymnase ! Ça m'étonnerait que j'y arrive devant un GARÇON. Surtout si c'est un garçon dont je suis amoureuse et avec qui j'espère me marier un jour, c'est-à-dire s'il me demande en mariage et que je parvienne à surmonter mon problème.

Cela dit, ça ne me gênerait pas que Michael retire SES vêtements devant moi.

Est-ce que c'est dans ce genre de cas qu'on emploie l'expression : avoir deux poids deux mesures ?

Je me demande si ma mère pensait ça au sujet de Donald Jenkins ? Sans doute, sinon elle ne l'aurait pas fait avec lui.

En même temps, vingt ans après, elle ne sait même pas ce qu'il est devenu.

Une minute ! Je peux le savoir, moi ! Grâce à Yahoo ! IL suffit que je me connecte sur *Perdu de vue* !

MON DIEU !!!! C'EST LUI !!!! DONALD JENKINS !!! Il n'y a pas sa photo mais il travaille pour… MON DIEU !!!! IL TRAVAILLE POUR LA COMPAGNIE D'ÉLECTRICITÉ DE VERSAILLES !!!! C'EST LE TYPE QUI VIENT RÉPARER L'ÉLECTRICITÉ QUAND IL Y A EU UNE COUPURE DE COURANT À LA SUITE D'UNE TEMPÊTE OU D'UNE TORNADE !!!!!

Je n'en reviens pas que maman ait donné la fleur de sa virginité à un garçon qui travaille pour LA

COMPAGNIE D'ÉLECTRICITÉ DE VERSAILLES !

Attention, je ne dis pas que les gens qui travaillent pour une compagnie d'électricité craignent. Après tout, ce n'est pas plus mal que prof de maths. Mais c'est juste que Mr. G ne porte pas de bleu de travail pour faire cours.

Et April Pollack, la fille qui est devenue Mrs. Donald Jenkins à la place de maman, est-ce qu'elle est aussi dans *Perdu de vue* ?

MON DIEU !!!! ELLE Y EST !!!! APRIL POLLACK A ÉTÉ ÉLUE MISS MAÏS DE VERSAILLES, INDIANA, EN 1985 !!!!!!!!!

Ma mère l'a fait avec un garçon qui s'est marié plus tard avec une Miss Maïs.

Ce qui est plutôt drôle, étant donné que ma mère a donné naissance à l'enfant illégitime d'un prince. Je me demande si Donald est au courant. Que son ex, Helen Thermopolis, est la mère de l'unique héritière du trône de Genovia. Je parie qu'il regretterait de l'avoir larguée pour Miss Maïs, s'il l'apprenait.

Mais je suppose qu'il ne l'a pas vraiment plaquée, si ce que maman m'a dit est vrai, à savoir qu'ils se sont séparés parce qu'ils voyaient la vie autrement.

Est-ce que c'est quelque chose qui pourrait nous arriver, à Michael et à moi ? Qu'on voie la vie autrement, un jour. Qu'il se retrouve, dans vingt ans, marié, non pas à la princesse de Genovia, mais à une MISS MAÏS ???

AHHHHHHHHHHHHHHH !!!! Quelqu'un vient de m'envoyer un MSN !!!! Qui ça peut être, à cette heure ? Au secours ! C'est Michael !

SkinnerBx : Salut !

Depuis qu'il est Mac, Michael a changé son adresse. Ce n'est plus LinuxRules, mais SkinnerBx.

SkinnerBx : Comment s'est passée ta rentrée ?

Il n'est pas au courant ! Comment aurait-il pu l'être ? Il n'était pas là. Et sa sœur n'a pas pu lui en parler puisqu'ils ne vivent plus sous le même toit.

FtLouie : Comme d'habitude.

Ce qui est vrai. Ma vie est une montagne russe : des événements joyeux sont suivis de grandes déceptions, avec de temps en temps des moments où il ne se passe rien et durant lesquels je me contente d'admirer le paysage.

Je ne sais pas pourquoi, mais j'ai pensé qu'il valait mieux que je change de sujet. Du coup, j'ai demandé à Michael :

FtLouie : Et ta journée, à toi ?

SkinnerBx : Géniale ! Aujourd'hui, en économie du développement durable, le prof nous a expliqué que dans les dix à vingt prochaines années, les réserves de pétrole, qui est le combustible le moins cher et le plus efficace de la planète – tu sais, c'est ce qu'on utilise pour faire rouler les voitures et chauffer les maisons –, seront épuisées. Il y a 100 ans, quand on a découvert les premiers gisements, la population mondiale était de deux milliards. Aujourd'hui, avec six milliards d'habitants – qui s'explique du fait d'une plus grande accessibilité aux combustibles –, la terre ne peut supporter autant de gens avec la quantité de pétrole restante. Et dans la mesure où le nombre d'habitants ne baissera pas, la consommation de pétrole ne diminuera pas. Ce qui signifie que dans vingt ans – peut-être plus, mais c'est peu probable, au train où l'on va –, il n'y aura plus de pétrole, et si l'on ne trouve pas un moyen d'atteindre celui qui est profondément enfoui sous la mer – sans détruire l'environnement – ou que l'on ne se mette pas à convertir l'énergie nucléaire, hydroélectrique ou solaire, on replongera tous dans l'âge des ténèbres et les gens mourront de faim ou de froid.

FtLouie : En d'autres termes, dans dix ou quinze ans, on sera tous morts ?

SkinnerBx : Oui. Et toi, qu'as-tu appris, aujourd'hui ?

Euh… Que tu vas me larguer si je ne LE fais pas.

Évidemment, je ne pouvais pas lui répondre ÇA. Aussi, je lui ai raconté que ce week-end, ma mère et Mr. G partaient en Indiana pour présenter Rocky à ses grands-parents maternels. Puis que Lilly m'avait À NOUVEAU poignardée dans le dos en me proposant comme candidate à la présidence du comité des délégués de classe mais que je ne devais pas me faire de souci : elle avait soi-disant un plan. Et aussi, que je détestais déjà la géométrie.

SkinnerBx : Attends… Tu viens de me dire que tes parents n'étaient pas là ce week-end ?

FtLouie : Pas mes parents. Ma mère et Mr. G.

J'adore Mr. G, mais ça me fait bizarre quand on me parle de lui en disant « ton père ». J'ai déjà un père. Mais je n'en veux pas à Michael de se tromper ; il ne sait pas ce que c'est que de venir d'une famille recomposée.

FtLouie : Qu'est-ce que ta sœur manigance, à ton avis ? Soyons réalistes : il ne pourrait pas y avoir pire présidente du comité des délégués de classe que moi.

SkinnerBx : Quel jour partent-ils ?

Pourquoi Michael fait-il une fixation sur le départ de maman et de Mr. G ? C'est le cadet de mes soucis !

FtLouie : Je ne sais pas. Vendredi, je suppose.

Ce qui m'a brusquement fait penser à lui demander :

FtLouie : Au fait, tu veux toujours que je passe voir ta chambre, samedi ?

SkinnerBx : Sûr. Ou bien, c'est moi qui viens.

FtLouie : Avec Doo Pak ?

SkinnerBx : Non, je voulais dire tout seul.

FtLouie : Si tu veux. Mais je ne vois pas l'intérêt, il n'y aura personne d'autre que moi à la maison.

Oh non ! Rocky pleure à nouveau. Je ne suis pas une mère poule. Je ne suis pas une mère poule. JE NE SUIS PAS UNE MÈRE POULE.

SkinnerBx : Mia ? Tu es toujours là ?

Comment peuvent-ils rester à ne rien faire pendant qu'il crie comme ça ? Ce n'est pas juste !

SkinnerBx : Mia ?

FtLouie : Excuse-moi, Michael. Il faut que je te laisse. Je te parlerai plus tard.

Je me demande s'il existe une association « Mère poule anonyme » où je pourrais aller.

Mercredi 9 septembre, en perm

On peut dire que Lana n'a pas perdu de temps.

Quand on est arrivées au lycée ce matin, Lilly et moi, on a trouvé le hall RECOUVERT d'affiches géantes en couleurs la représentant, avec écrit en dessous : *VOTEZ LANA*.

Sur certaines, on ne voit que son visage, tandis qu'elle rejette sa longue crinière dorée en arrière ou qu'elle se tient le menton avec les mains en coupe en souriant du même sourire angélique que Britney sur son premier disque. Sur ces photos, elle ne donne pas l'impression d'être une fille capable d'attraper le soutien-gorge d'une autre fille et de lui dire : « Pourquoi tu t'embêtes à en porter, tu n'as rien à mettre dedans ! »

Ou à dire à une fille en plein décalage horaire qu'une fois les garçons à la fac, ils le font avec leur petite amie.

Sur d'autres affiches, on la voit en pied. Quand elle saute en l'air, par exemple, ou qu'elle fait le grand écart dans son uniforme de pom-pom girl. Ou bien dans la robe qu'elle portait pour le bal du lycée, l'an dernier, en bas d'un majestueux escalier. Je ne sais pas où cette photo a été prise, vu qu'il n'y avait pas d'escalier là où le bal a eu lieu. C'est peut-être chez elle ? Pourquoi pas, après tout ? Je n'ai jamais été invitée.

Lilly a regardé les affiches de Lana une à une puis elle a regardé les siennes – eh oui, Lilly a passé la nuit à fabriquer des affiches de campagne pour moi –, avant de marmonner un mot que je ne répéterai pas.

Parce que même si les affiches de Lilly sont très jolies – on peut lire *Le règne de Mia* ou *Choisissez la princesse* –, elles sont plutôt sobres comparées à celles de Lana.

« Ne t'inquiète pas, Lilly. De toute façon, je ne tiens pas particulièrement à être élue », ai-je dit, histoire de lui remonter le moral.

Même Boris a remarqué qu'elle était triste. Il semblait désolé pour elle, ce que j'ai trouvé super-sympa de sa part, étant donné la façon dont Lilly lui a arraché le cœur pour le piétiner en mai dernier.

« Tes affiches sont bien plus belles, lui a-t-il assuré, parce qu'elles viennent du cœur et non pas d'une photocopieuse. »

Mais Lilly les a déchirées et jetées à la poubelle.

Puis, d'une voix grave, elle a déclaré : « Elle veut la guerre ? Elle l'aura. »

Cela dit, elle faisait peut-être référence à ce moment-là au fait que la principale Gupta ait laissé servir de la brandade de morue, aujourd'hui, à déjeuner. La morue étant devenue une espèce en voie de disparition pour avoir été trop pêchée, Lilly mène depuis quelque temps campagne contre son utilisation dans les restaurants de New York, et se sert de son émission de télévision pour faire passer son message.

Quand les producteurs, qui ont mis une option sur son émission, se décideront-ils à l'acheter ? Lilly a besoin d'un nouveau projet. Elle a beaucoup trop de temps libre.

Je n'ai aucune nouvelle de Michael depuis hier soir. J'espère que ça veut dire qu'il est occupé avec cette histoire de pétrole et non pas qu'il réfléchit à rompre parce qu'il s'est rendu compte que je n'étais pas le genre de fille à LE faire.

Mercredi 9 septembre, en gym

Il devrait exister une loi contre ceux/celles qui esquivent la balle au hand.

Qu'est-ce que je LUI ai fait, de toute façon ? C'est clair qu'elle va remporter ces stupides élections.

Et à quoi bon avoir un garde du corps s'il ne bouge pas quand je reçois une balle de hand en plein dans les cuisses ?

Je suis sûre que je vais avoir un bleu.

Mercredi 9 septembre, en géométrie

« a si b » et « a seulement si b »

La phrase « si et seulement si » est représentée par les abréviations « ssi » ou le symbole $\leftrightarrow$.

a $\leftrightarrow$ b signifie à la fois a $\rightarrow$ b et b $\rightarrow$ a

L'inverse d'un énoncé vrai est-il nécessairement vrai ?

Excusez-moi, mais… VOUS POUVEZ RÉPÉTER ?????

Un diagramme d'Euler est en train d'apparaître sur ma cuisse là où Lana m'a frappée avec la balle de hand.

Mercredi 9 septembre, en anglais

J'ADORE le gilet rose que porte Mrs. Martinez, pas toi ? Elle me fait tellement penser à Elle Woods avec. Si Elle Woods était brune, bien sûr. T

`Oui, il est super-joli.`

Ça va ? Où est-ce que tu en veux encore à Lilly ? Personnellement, je suis sûre que tu ferais une excellente présidente.

`Merci, Tina. En fait, je n'y pensais plus. J'ai tellement d'autres soucis en tête, si tu savais...`

D'autres soucis ? Tu veux parler des limaces ?

`Tu es au courant??????`

Ils en ont parlé aux infos, hier soir. J'ai l'impression qu'à Monaco, ils sont fous de rage.

De quel droit sont-ils fous de rage ? Tout est leur faute !

C'est plus ou moins ce qu'a laissé entendre le journaliste. C'est ça qui te turlupine ?

Non. Enfin, un peu...Dis-moi, est-ce que tu peux garder un secret ?

Bien sûr !

Je parle d'un VRAI secret. Un secret dont tu ne pourras pas parler à Lilly.

Je te le jure.

OU À BORIS !!!!!!!!!!!!!

Je te le jure, tu peux me faire confiance !!!!!!

OK. Hier, au réfectoire, pendant que je faisais la queue pour me reprendre une glace, Lana m'a dit que les garçons en fac le faisaient avec leur petite amie, donc que Michael devait s'attendre à le faire avec moi, sauf que je ne suis pas sûre de vouloir le faire. Tu comprends ? Je veux bien le faire, mais je n'ai pas envie de me déshabiller devant lui. Et je ne pense pas qu'il existe un moyen de le faire autrement. En fait, dans mon esprit, les garçons en fac le faisaient uniquement avec des filles en fac aussi. Moi, je suis encore au lycée. Du coup, j'ai demandé à ma mère quand elle l'avait fait pour la première fois et tu sais quoi ? Elle l'a fait à quinze ans et avec un garçon qui s'appelle Donald Jenkins, sauf qu'il s'est marié après avec une Miss Maïs du nom d'April, et ma mère ne l'a pas revu depuis. Tu imagines si ça nous arrivait, à Michael et à moi ? Qu'est-ce qui se passerait si on le faisait et qu'après on casse parce qu'on se rend compte qu'on attend autre chose de la vie, et qu'il se marie avec une Miss Maïs ? Je n'y survivrais pas. En même temps, ma mère m'a dit qu'elle n'avait pas pensé à Donald Jenkins depuis une éternité. Bref, je suis perdue. Que dois-je faire, à ton avis ?

Ce n'est pas parce que ça n'a pas marché entre Donald et ta mère que vous allez casser, Michael et toi. Et c'est quoi, ce nom, DONALD ???

Donc tu penses que…je devrais le faire ????

À mon avis, Lana ne connaît rien aux pratiques des étudiants vu qu'elle ne connaît pas d'étudiant. Par ailleurs, Michael t'aime. Ça se voit rien qu'à la façon dont il te regarde. Si tu ne veux PAS LE FAIRE, NE LE FAIS PAS.

Mais qu'est-ce que tu fais de ce que m'a dit Lana ?

Michael n'est pas le genre de garçon qui casserait avec une fille qu'il aime sous prétexte qu'elle ne veut pas le faire. Peut-être que l'étudiant que connaît Lana le ferait. Comme Josh Richter, par exemple, ou ce Ramon. Il a bien le type. Mais pas Michael. Parce qu'il TIENT à toi. Et puis, ça m'étonnerait que Michael s'attende à ce que tu le fasses. Du moins pour l'instant.

Tu crois?????

Oui. Ce serait légèrement présomptueux de sa part. Ça fait à peine un an que vous sortez ensemble. À mon avis, pour le faire avec un garçon, il faut être sortie avec lui depuis un an minimum. Et il faut le faire pour la première fois la nuit du bal du lycée. Parce que quand tu le fais pour la première fois, le garçon doit être en smoking. C'est la moindre des politesses.

Tina, n'oublie pas que j'ai eu un mal de chien à traîner Michael au premier bal du lycée. Ça m'étonnerait qu'il accepte d'y retourner.

C'est vrai… Mais tu peux toujours le faire le jour du couronnement. Je parie que c'est tout aussi romantique.

Mais Tina, je ne serais couronnée qu'à la mort de mon père!!!! Et si mon père vit aussi longtemps que la reine d'Angleterre, je pourrais avoir l'âge du prince Charles quand ça arrivera!!!!!! JE VEUX LE FAIRE AVANT, c'est-à-dire avant d'être vieille. Mais pas… MAINTENANT.

Dans ce cas, il faut que tu en parles à Michael. Oui, je pense que vous devriez en parler tous les deux. N'oublie pas que la communication est la clé de la réussite d'une relation romantique.

Vous en avez parlé, Boris et toi? De le faire, je veux dire.

Bien sûr!!!! Si ça ne marche pas entre le prince William et moi, Boris sait que s'il veut se voir accorder la fleur de ma virginité, il faudra qu'on le fasse après le bal du lycée :

* sur un grand lit avec des draps de satin
* dans une suite de luxe avec vue sur Central Park
* au Four Seasons, sur la 52e Rue Est
* avec du champagne et des chocolats avant
* et un bain parfumé après
* et des beignets pour deux le lendemain au petit déjeuner.

Oh, Tina, je ne sais pas comment te le dire mais... j'ai peur que Boris n'ait pas les moyens de t'offrir tout cela. Il n'est qu'au lycée, n'oublie pas...

Je sais. C'est pour ça que je lui ai suggéré d'économiser dès à présent. Et de se munir de protections autres que celle qu'il trimballe dans son portefeuille depuis deux ans.

QUOI??????? Boris a un préservatif dans son portefeuille????? En ce moment, tu veux dire???????

Oui. Boris est pour l'amour-sécurité. C'est pour ça que je l'aime.

VOUS N'AVEZ PAS UN PEU FINI ?? AU LIEU DE VOUS PASSER DES PETITS MOTS, VOUS FERIEZ MIEUX D'ÉCOUTER. C'EST LA MEILLEURE PROF QU'ON AIT JAMAIS EUE. ET À CAUSE DE VOUS, JE N'ARRIVE PAS À ME CONCENTRER... Eh, mais c'est quoi, cette histoire de préservatif ?

Rien. Laisse tomber, Lilly.

De qui vous êtes en train de parler, toutes les deux ?

De personne, Lilly. Laisse tomber. Regarde, Mrs. Martinez nous rend nos textes.

C'est ça, oui. Tu espères peut-être détourner mon attention ? De QUI s'agit-il ? QUI a un préservatif dans son portefeuille ??

Tais-toi, Lilly. Tu m'empêches d'écouter.

C'est la poêle qui se moque du chaudron ! Tu as quoi, comme note ? A, comme d'habitude, je suppose.

Je ne comprends pas. J'avais SUPER bien bossé...

Ha ! Tu n'as pas eu A !!! Je te l'avais dit. Tu ferais mieux d'écouter en cours si tu envisages sérieusement de vivre de ton écriture.

Mercredi 9 septembre, en français

Je ne comprends pas. JE NE COMPRENDS PAS.

Je suis douée pour l'écriture. Je le sais et on me l'a dit. Plein de fois.

Attention, je ne suis pas en train de raconter que je n'ai plus rien à apprendre. Je sais que j'ai encore des tas de choses à apprendre de mes aînés. Je sais que je ne suis pas Danielle Steele et qu'il me faudra encore travailler beaucoup avant d'espérer remporter le Booker Prize ou un autre prix littéraire.

Mais B ??????

Je n'ai jamais eu B à une expression écrite !!!

Il doit y avoir une erreur.

J'étais dans un tel état de choc quand Mrs. Martinez nous a rendu nos copies que je suis restée bouche bée pendant un bon moment… suffisamment longtemps en tout cas pour que les élèves qui s'étaient empressés autour de son bureau se soient dispersés, et qu'elle me remarque et dise : « Mia ? J'ai l'impression que ça ne va pas. Tu as des questions à me poser ?

— J'ai eu B », suis-je seulement parvenue à articuler.

Je tremblais, j'avais les mains moites et la gorge tellement sèche que je n'arrivais presque pas à parler.

Parce que jamais de ma vie je n'ai eu B à un devoir en anglais. Jamais, jamais, jamais…

« Mia, tu écris très bien, a déclaré Mrs. Martinez, mais tu manques de discipline.

— Ah bon ? » ai-je fait en passant ma langue sur mes lèvres. Elles s'étaient desséchées en l'espace de quelques minutes.

Mrs. Martinez a secoué la tête d'un air triste.

« Je me rends compte que tu n'y es pour rien, a-t-elle repris. Ton style pseudo-humoristique émaillé de références culturelles populaires ne t'a probablement valu que des A jusqu'à présent. Je suis sûre que tes professeurs étaient trop occupés à aider les élèves qui sont incapables d'aligner deux phrases en bon anglais. Mais tu ne peux nier, Mia, que l'espèce de pseudo "farce bouffonne" que tu nous sers n'a rien à faire dans un travail d'exposition sérieux. Si tu n'apprends pas à te discipliner, tu ne vivras jamais de ta plume. Des textes comme celui que tu m'as rendu prouvent seulement que tu manies bien la langue, mais non que tu as l'étoffe d'un futur grand écrivain. »

Je n'avais rien compris à ce qu'elle venait de dire. Tout ce que je savais, c'est que j'avais eu B !!! EN ANGLAIS.

« Si je recommence, accepterez-vous de me renoter et d'annuler mon B ? ai-je demandé.

— Si ton travail est suffisamment bon, oui, a répondu Mrs. Martinez. Mais je ne veux pas que tu m'écrives un nouveau texte en vitesse, Mia, je veux que tu y mettes de la réflexion. Je veux que tu m'obliges à réfléchir.

— Vous oubliez tout le passage sur les limaces! ai-je protesté.

— Tu parles de ta comparaison entre le fait que tu aies lâché dix mille limaces dans la baie de Genovia et Pink qui a refusé de chanter devant le prince William, sous prétexte qu'il chasse? a rétorqué Mrs. Martinez. Non, Mia. Ça ne m'a pas fait réfléchir. Ça m'a seulement rendue triste pour votre génération. »

Heureusement pour moi, la cloche a sonné et j'ai pu me sauver.

Ce qui tombait bien parce que j'étais sur le point de défaillir.

Mercredi 9 septembre, en étude dirigée

Michael m'a appelée pendant la pause de midi. Il voulait savoir ce qu'il m'était arrivé, hier soir, quand on se parlait via Internet et que j'ai brusquement interrompu la conversation :

Moi : Je suis désolée. Mais Rocky s'est réveillé et j'ai dû aller lui chanter une chanson pour qu'il se rendorme.

Michael : Ah bon. Je préfère ça. Tout va bien, alors ?

Moi : Si tu considères qu'après deux jours de cours, je ne comprends rien en géométrie, je suis obligée de me présenter contre ma volonté à la présidence du comité des délégués de classe et que notre nouvelle prof d'anglais pense que je suis un écrivaillon sans talent, oui, tout va bien.

Michael : Je ne suis d'accord avec rien de tout cela. As-tu parlé à… Qui vous avez en géométrie ? Harding ? C'est un type bien. Demande-lui si tu peux être en soutien avec lui. Sinon, je pourrais t'expliquer ce que tu n'as pas compris samedi, quand on se verra. Et comment ta prof d'anglais peut-elle penser que tu n'as pas de talent ? Tu es le plus grand écrivain que je connaisse. Quant à la présidence du comité des délégués de classe, tu n'as qu'à dire à Lilly que tu n'en as rien à faire de son plan et que tu es suffisamment occupée.

Ha ! C'est facile pour Michael de parler comme ça. Il n'a pas peur de sa sœur, lui, pas même un tout petit peu, comme moi. Quant à Mr. Harding, un type bien ? Il a lancé son morceau de craie à la tête de Trisha Hayes, aujourd'hui ! Bon, je l'admets, je ferais volontiers la même chose. Mais ce n'est pas une raison.

Et comment Michael sait quel genre d'écrivain je suis ? À l'exception d'un ou deux articles parus l'an dernier dans *L'Atome*, et les lettres, les e-mails et les MSN que je lui ai envoyés, il n'a jamais rien lu de moi. En tout cas, je ne lui ai jamais montré mes poèmes. Parce que s'il n'aimait pas, la source de mon inspiration serait tarie.

Encore plus tarie que maintenant.

Moi : Et TA journée à toi ?

Michael : Super. Pendant le cours de géomorphologie, on a parlé de la calotte glaciaire. Tu sais qu'elle a diminué de cent vingt-cinq millions d'hectares – c'est la taille de la Californie et du Texas réunis – au cours des vingt dernières années. Si elle continue à diminuer à cette vitesse – 9 % tous les dix ans –, elle pourrait complètement disparaître avant la fin du siècle, ce qui aurait, bien entendu, des conséquences terribles pour la vie sur Terre telle que nous la connaissons. Des espèces entières périraient, et toutes les maisons en bord de mer seraient inondées. À moins, évidemment, que l'on fasse quelque chose pour contrôler les émissions de polluants qui détruisent la couche d'ozone et provoquent la fonte des glaces.

Moi : Bref, peu importe la note que j'aurai en géométrie, parce que nous allons finir par mourir ?

Michael : Pas nous nécessairement, mais nos petits-enfants, oui, sûrement.

Sauf que je suis prête à parier que Michael ne parlait pas de NOS petits-enfants à nous deux, c'est-à-dire les enfants des enfants qu'on pourrait avoir si ON LE FAISAIT. Non, il parlait des petits-enfants en général. Comme ceux qu'il pourrait avoir avec la Miss Maïs qu'il épouserait après notre séparation.

Moi : Je croyais que de toute façon on devait mourir dans dix ans quand toutes les réserves de pétrole seront épuisées.

Michael : Oh, ne t'inquiète pas pour ça. Doo Pak et moi avons décidé de fabriquer un prototype de voiture à hydrogène. Ça devrait faire l'affaire. Sauf si l'industrie automobile essaie de nous tuer.

Moi : Oh ! Bien sûr.

C'est agréable de connaître des gens comme Michael qui essaient de trouver des solutions de remplacement au pétrole. Ça laisse les petits problèmes, comme celui de l'algue géante ou des élections au comité des délégués de classe, à des gens comme moi.

Michael : Ça marche alors pour samedi ?

Moi : Pour que je vienne et que je fasse la connaissance de Doo Pak ? Oui, c'est bon.

Michael : En fait, je pensais que…

Lilly a choisi ce moment pour essayer de m'arracher le téléphone des mains.

Lilly : C'est à mon frère que tu parles ? Passe-le-moi, j'ai un truc à lui dire.

Moi : Arrête, Lilly !

Lilly : Il faut que je lui parle, je te dis !
Maman a changé son mot de passe et je n'ai plus accès à ses mails.

Moi : De toute façon, tu n'as pas le droit de lire les mails de ta mère.

Lilly : Et comment veux-tu que je sache ce qu'elle raconte sur moi ?

J'ai réussi à reprendre le téléphone et je me suis empressée de conclure.

Moi : Michael ? Écoute, je te rappelle. Après les cours. D'accord ?

Michael : OK. Pas de problème. Ne t'inquiète pas. Tout se passera bien.

Moi : Oui, bien sûr.

C'est facile pour LUI de dire que tout se passera bien. Tout se passera bien POUR LUI. Il n'est plus enfermé dans cette prison huit heures par jour. Il assiste à des cours intéressants sur la fonte de la calotte glaciaire, qui provoquera notre mort à tous, tandis que je longe des couloirs où des milliers d'affiches de Lana Weinberger me toisent d'un air méprisant et semblent me souffler : « *Tocarde! Tocarde! T'es la princesse de quoi? Du pays des Tocards!* »

Alors que je sortais du réfectoire, j'ai aperçu Ramon Riveras, le correspondant brésilien, en train de montrer à Lana et à des élèves du club de foot quelques techniques brésiliennes de maniement du ballon. Sauf qu'au lieu d'en utiliser un, il se servait d'une orange qu'il faisait passer d'un pied à l'autre. Il parlait en même temps, mais d'où je me tenais, je ne comprenais pas ce qu'il disait. Apparemment, je n'étais pas la seule, vu l'air étonné des membres de l'équipe de foot.

En revanche, Lana hochait la tête, comme si ses paroles étaient limpides pour elle. Ce qui devait être le cas. Lana est très au fait des techniques brésiliennes. Je le sais parce que je l'ai vue toute nue sous la douche.

Mercredi 9 septembre, toujours en étude dirigée

Faisons une liste, Mia.

Non ! Et laisse-moi tranquille, Lilly. J'ai trop de problèmes en ce moment pour faire une liste.

Quels problèmes ? Tu n'as aucun problème. Tu es une princesse. Tu es débarrassée de l'algèbre et tu as un petit ami.

Justement ! J'ai un petit ami, mais apparemment, il s'attend à ce que je...

À ce que tu quoi ?

Laisse tomber. Faisons une liste.

Classement des reality shows d'après Lilly Moscovitz et Mia Thermopolis

KOH-LANTA

Lilly : Tentative d'une grande bassesse de la part des médias pour gagner des téléspectateurs en les invitant à se moquer des pauvres malheureux que l'on exploite et humilie. 0/10

Mia : Tout à fait d'accord. Et qui a envie de regarder des gens qui se nourrissent d'insectes ? Berk. 0/10

L'ÎLE DE LA TENTATION

Lilly : Idem. 0/10

Mia : Encore des insectes. 0/10

AMERICAN IDOL

Lilly : Show assez amusant – dans la mesure où ça vous amuse de regarder des gens en train d'être ridiculisés parce qu'ils cherchent à partager leurs talents avec autrui. 5/10

Mia : Depuis que l'on vient de casser certains de mes rêves les plus chers, je ne suis pas très fan de ce genre d'émission où des gens se font humilier. 2/10

NEWLYWEDS : NICK & JESSICA

Lilly : Si écouter les divagations pathétiques d'une chanteuse inculte, qui ne fait pas la différence entre du poulet et du thon, correspond à votre conception d'une bonne émission, surtout n'hésitez pas à regarder celle-ci. Je n'essaierai pas de vous en dissuader. 0/10

Mia : Jessica n'est pas du tout idiote, elle n'a juste pas d'expérience, c'est tout. Par ailleurs, tu oublies que Nick est hypersexy. Bref, c'est la meilleure émission en ce moment. 10/10

RICH GIRLS

Lilly : Qui peut s'intéresser aux réflexions de deux jeunes héritières qui ne pensent qu'aux fringues et aux garçons ? 0/10

Mia : Pas d'accord! Cette émission est peut-être encore mieux que la précédente. Les jeunes filles riches ne pensent pas qu'aux fringues. Elles veulent aider ceux qui sont trop pauvres à s'en acheter. 10/10

BACHELOR

Lilly : Qu'est-ce qu'on en a à faire de deux jeunes imbéciles mis ensemble ? On le sait bien qu'ils finiront par avoir des enfants, et qu'il y aura donc encore plus d'imbéciles sur Terre. Dire qu'on nous encourage à regarder ça ! C'est honteux. 0/10

Mia : Tu oublies qu'ils cherchent l'amour ! Où est le mal ? 5/10

ON A ÉCHANGÉ NOS MAMANS

Lilly : Je ne laisserai jamais Hildy s'approcher de ma chambre. 10/10

Mia : Tout à fait d'accord. Cela dit, je la lâcherais bien du côté de la chambre de Lana. 10/10

Real world

Lilly : La perfection, si votre idée de la perfection consiste à regarder des jeunes gens faire des cabrioles dans des piscines sans aucune surveillance parentale ni apparente moralité. 10/10

Mia : Pourquoi faut-il qu'ils soient tous méchants les uns envers les autres? Mais sinon, c'est plutôt bien. 9/10

Queer eye for the straight guy

Lilly : Cinq homosexuels donnent des conseils vestimentaires à des hétéros qui sont incapables de ranger leur chambre et qui ne portent que des jeans délavés. Des partisans de l'égalité des droits pour les couples de même sexe craignent que cette émission ne fasse reculer leur mouvement... Sinon, c'est quoi cette moumoute que porte le présentateur???? 10/10

Mia : Exact, et je connais quelqu'un à qui ça ne ferait pas de mal de se faire conseiller par les Fab Five qui, j'en suis persuadée, ne supportent pas qu'on rentre son sweat-shirt dans son pantalon. 10/10

The simple life : Paris Hilton and Nicole Richie

Lilly : Vous plaisantez ? Je suis censée être amusée par une mante religieuse humaine et son amie alcoolique tandis qu'elles se moquent des gens qui ont été assez aimables pour les accueillir ? 0/10

Mia : Oui, je suis assez d'accord. Ces filles ont besoin de suivre quelques leçons de princesse. Et si la prochaine fois, les sœurs Hilton et la petite Nicole passaient un week-end avec Grand-Mère ! Je suis sûre qu'elle ne se gênerait pas pour leur dire ce qu'elle pense de leurs piercings. Cela dit, j'adore regarder cette émission !!!!!

Mercredi 9 septembre, en éducation civique

THÉORIES DU GOUVERNEMENT (suite)

Théorie du contrat social : Selon Thomas Hobbes, philosophe anglais du XVIIe siècle qui a écrit *Le Léviathan*, les hommes vivaient à l'origine dans un « état de nature ». C'est-à-dire l'ANARCHIE.

{Il faut se méfier de l'anarchie. L'anarchie, c'est laisser les gens faire ce qu'ils veulent. Par exemple, laisser une certaine pom-pom girl, dont je ne citerai pas le nom, porter sous la jupe de son uniforme le short d'un membre de l'équipe de foot et faire en sorte que tout le monde le remarque en croisant et décroisant les jambes pendant le cours d'éducation civique, COMME ELLE EST EN TRAIN DE LE FAIRE EN CE MOMENT. Et une certaine personne, dont je ne citerai pas le nom non plus, se retiendrait de ne pas la dénoncer, parce que dénoncer les autres, ça ne se fait pas, sauf quand il y a menaces de danger.}

Selon Hobbes, le contrat de départ entre le peuple et l'État était définitif et aboutissait à l'absolutisme.

Heureusement, John Locke modifia cette théorie en déclarant que le contrat pouvait être renégocié.

VIVE JOHN LOCKE ! VIVE JOHN LOCKE !

Mercredi 9 septembre, en SVT

Kenny vient de m'annoncer qu'il avait une nouvelle petite amie du nom de Heather. Il l'a rencontrée cet été dans un camp de vacances. Sauf que c'était un camp de vacances où ils ont fait des sciences. Bref, Heather est apparemment supérieure à moi dans tous les domaines (elle n'a que des A partout, elle fait du sport, elle n'use pas d'un style pseudo-humoristique émaillé de références culturelles populaires quand elle écrit, ce n'est pas une princesse, etc.) Bref, a poursuivi Kenny, je peux penser ce que je veux, il m'a complètement oubliée, et je peux plonger mes grands yeux bleus de bébé dans ses yeux, ça ne changera rien, il ne fera PAS mes exos de SVT ce semestre.

Hé ho, Kenny. Il faudrait peut-être que tu te mettes à la page : un, je n'ai pas les yeux bleus, mais gris, et deux, je ne t'ai jamais demandé de faire mes exos l'an dernier. C'est toi qui t'es mis à les faire tout seul. J'admets que j'ai eu tort de te laisser agir ainsi, puisque je savais que je ne t'aimais pas comme toi tu m'aimais. Mais rassure-toi. Ça ne se reproduira pas. Parce que j'ai la ferme intention d'écouter en cours et de faire MON travail toute seule. Je n'aurai même pas besoin de ton aide.

Par ailleurs, j'espère sincèrement que Heather et toi, vous serez heureux. Vos enfants seront probablement très intelligents, si vous le faites un jour, évidemment.

Kenny est tellement bizarre.

Non. *Tous les garçons sont bizarres*. Et si je choisissais ça, comme sujet pour ma nouvelle expression écrite ? « Les garçons, des êtres bizarres. »

Par exemple, mes cinq films préférés (*Dirty Dancing, Flashdance, American girls, La Guerre des étoiles* et *Honey*) traitent tous du même thème : la fille doit faire appel à ses talents (la danse) pour sauver sa peau/sa relation/l'équipe (bon, d'accord, ce n'est pas tout à fait l'intrigue de *La Guerre des étoiles* sauf si on remplace le mot fille par garçon et danse par La Force).

Vous comprenez maintenant pourquoi je les aime autant ?

Les cinq films préférés de Michael n'ont rien à voir avec les miens – à part *La Guerre des étoiles*, bien sûr. D'abord, il n'y a pas un seul thème sous-jacent dans aucun d'eux ! Et ils parlent de tout et de n'importe quoi. Franchement, je ne comprends pas ce qu'il leur trouve. On n'y danse même pas.

Voici un aperçu du Monde Étrange des Garçons et des Films qu'ils Aiment.

Les cinq films préférés de Michael que je n'ai pas vus et que je n'ai pas l'intention de voir sont : *Le Parrain, Scarface, Massacre à la tronçonneuse, Alien, Aliens – Le Retour, Alien – La Résurrection*, etc. et *L'Exorciste*.

Les cinq films préférés de Michael que j'ai vus (excepté *La Guerre des Étoiles*, bien sûr) sont : *Office Space, The Substitute, Le 5e Élément, Starship Troopers* et *Supertroopers*.

Je tiens à préciser que dans aucun des films susmentionnés, une scène ne montre les acteurs en train de danser. En fait, le seul point commun de tous ces films, c'est que les garçons ont toujours des petites amies super-belles.

J'en conclus que les hommes et les femmes n'attendent pas du tout la même chose quand ils vont au cinéma. Finalement, c'est un miracle qu'ils finissent par LE faire un jour.

Tout bien réfléchi, ce n'est pas le genre de sujet que Mrs. Martinez apprécierait. Personnellement, je le trouve tout à fait pédagogique, mais je suis prête à parier qu'elle ne partagerait pas mon point de vue. Elle ne doit sans doute jamais aller dans les multiplex, les films à l'affiche étant trop « populaires » à son goût. Non, elle, je suis sûre qu'elle ne fréquente que les salles d'art et essais, comme l'Angelika. Elle ne doit même pas avoir de télé.

Mon Dieu. Ce n'est pas étonnant qu'elle soit comme ça.

Devoirs :

Géométrie : exercices p. 20-22

Anglais : je ne sais pas, j'étais trop flippée pour les noter.

Français : écrire une histoire. Et trouver si Yan est un garçon ou une fille !!!!!!!

Éduc. civ. : fondement du gouvernement,
définition du contrat social.

SVT : demander à Kenny.

Mercredi 9 septembre, dans la limousine, de retour du Plaza

Aujourd'hui, quand je suis arrivée au Plaza pour ma leçon de princesse, Grand-Mère m'a annoncé qu'on sortait.

Je lui ai aussitôt rétorqué que je n'avais pas vraiment le temps aujourd'hui et que si c'était possible, je préférerais annuler la leçon – j'avais eu une très mauvaise note en expression écrite, lui ai-je expliqué, et je voulais rentrer à la maison tout de suite pour en écrire une nouvelle.

Mais Grand-Mère est restée de marbre, même quand je lui ai fait remarquer que ma future carrière d'écrivain était menacée. Elle m'a dit que les membres de familles royales n'écrivaient pas – on lisait des livres SUR eux mais non pas écrits PAR eux.

Bref, j'ai cédé et je l'ai suivie.

Sauf que je pensais que Grand-Mère voulait m'emmener chez Paolo – mes racines commencent à se voir. Eh bien, pas du tout. Grand-Mère m'a conduite dans l'une des nombreuses salles de conférence du Plaza. Deux cents chaises environ y étaient installées, et sur la table, à l'avant de l'estrade, se trouvaient un pichet d'eau, un verre et un micro.

Plusieurs personnes attendaient déjà. J'ai reconnu la femme de chambre de Grand-Mère, son chauffeur et quelques membres du personnel de l'hôtel dans leur uniforme vert et doré, l'air assez mal à l'aise.

Au début, j'ai pensé qu'ils étaient venus assister à une conférence de presse au sujet des limaces, et puis, j'ai cherché les journalistes. Je n'en voyais aucun.

Grand-Mère m'a alors expliqué qu'il ne s'agissait pas d'une conférence de presse.

Nous allions procéder à une répétition.

À la répétition du débat.

Du débat de lundi entre Lana Weinberger et moi pour la présidence au comité des délégués de classe.

« Mais Grand-Mère, il n'y a pas de débat, lui ai-je expliqué. Les élèves votent, c'est tout. »

Elle a soufflé un long panache de fumée – bien qu'une règle au Plaza stipule que les clients ne sont autorisés à fumer que dans leur chambre –, et m'a répondu : « Ton amie Lilly m'a dit qu'il y en aurait un.

— Tu as parlé à LILLY ? » ai-je hurlé.

Je n'arrivais pas à y croire. Lilly et Grand-Mère se détestent, surtout depuis cette histoire avec Jangbu Pinasa. Et maintenant, elles sont de mèche contre moi ?

« QUAND AS-TU PARLÉ À LILLY ? ai-je demandé.

— Tout à l'heure, a répondu Grand-Mère. Va te mettre sur l'estrade pour voir comment tu te sens.

— Je sais l'effet que ça fait, Grand-Mère. Je me suis déjà retrouvée sur une estrade, tu as oublié? Quand j'ai fait mon allocution devant le Parlement de Genovia pour la question des paramètres.

— C'est vrai, a concédé Grand-Mère, mais tu t'adressais à un public d'adultes. Je voudrais que tu fasses semblant de parler à tes pairs. Imagine qu'ils sont assis devant toi, dans leurs baggys et avec leurs casquettes de base-ball sur la tête.

— Grand-Mère, on porte un uniforme, au lycée, lui ai-je rappelé.

— Oui, je sais, mais tu vois ce que je veux dire. Imagine-les, devant toi, en train de rêver à leur propre show télévisé, comme cet affreux Ahston Kutcher. Et maintenant, dis-moi comment tu répondrais à la question : "Quels changements proposez-vous pour améliorer l'enseignement et les conditions de vie du lycée Albert-Einstein ?"

Franchement. Je ne la comprends pas, parfois. Je me demande si elle n'a pas fait une chute sur la tête quand elle était petite. Sur le parquet, et non pas sur le futon, comme Rocky quand je l'ai lâché sans le faire exprès. Mais j'avais une excuse : Michael venait d'arriver et portait un nouveau jean.

« Grand-Mère, ai-je repris, à quoi bon puisqu'il n'y aura PAS DE DÉBAT.

— RÉPONDS À LA QUESTION ! », s'est-elle écriée.

Je vous le jure ! Elle est impossible, parfois.

Non, tout le temps.

Bref, histoire de la calmer, je suis montée sur cette fichue estrade et j'ai dit dans le micro : « Pour améliorer l'enseignement et les conditions de vie du lycée Albert-Einstein, je propose qu'il y ait moins d'entrées avec de la viande pour les élèves végétaliens et végétariens, et que les devoirs nous soient communiqués via Internet de façon à ce que les élèves qui ont oublié de les noter puissent savoir ce qu'ils ont à faire pour le lendemain.

— Ne te penche pas tant en avant, Amelia, m'a lancé Grand-Mère tout en asphyxiant avec sa cigarette le rhododendron qui se trouvait à côté d'elle. (Grand-Mère a vraiment de la chance, parce que dans dix ans, quand il n'y aura plus de pétrole et que la calotte glaciaire aura fondu, elle sera probablement déjà morte d'un cancer des poumons vu le nombre de cigarettes qu'elle fume par jour.) Redresse les épaules. C'est ça. Tu peux continuer. »

Sauf que j'avais complètement oublié ce que je disais.

« Et les profs ? a demandé le chauffeur de Grand-Mère en s'efforçant de prendre l'accent d'un garçon qui porterait un baggy et une casquette de base-ball. Z'allez faire quoi avec eux ?

— Les professeurs ? Oui, bien sûr, ai-je commencé. Leur devoir n'est-il pas de nous encourager dans nos rêves ? J'ai toutefois remarqué que certains d'entre eux semblaient penser que leur devoir, au contraire, était de nous saper le moral et de… de réprimer nos impulsions créatrices. Tout ça, parce qu'ils craignent de ne pas être pris au sérieux. Est-ce vraiment à ces gens-là que nous voulons confier nos jeunes esprits ? Répondez-moi ?

— Non ! a crié l'une des femmes de chambre.

— Y peuvent crever ! » a ajouté le chauffeur de Grand-Mère.

En voyant leur réaction, j'ai pris plus confiance en moi et j'ai donc poursuivi :

« Et les caméras de surveillance ? Je comprends qu'en tant que mesure de sécurité, elles soient utiles, mais si elles ne servent qu'à…

— Amelia ! m'a coupée Grand-Mère. Ne pose pas tes coudes sur la table ! »

J'ai retiré mes coudes de la table et j'ai continué :

« …surveiller nos faits et gestes, ne deviennent-elles pas des outils pour nous espionner ? »

Je me prêtais de plus en plus au jeu.

« Que deviennent les cassettes une fois pleines ? ai-je demandé. Sont-elles effacées ou conservées afin que l'administration puisse utiliser leur contenu contre nous ? Par exemple, si l'un de nous est convoqué devant la Cour Suprême, est-ce qu'une cassette où on le verrait en train de taguer la statue de Joe, le lion, pourrait être retenue contre lui ? »

Là, une des femmes de chambre a applaudi.

« Tes deux pieds par terre, Amelia ! a crié Grand-Mère, parce que j'avais posé un pied sur le barreau de la table.

— Et les filles qui portent les shorts de foot de leur petit copain sous la jupe de leur uniforme ? » ai-je repris.

Je dois dire que je commençais vraiment à m'amuser. Les femmes du chambre du Plaza semblaient captivées.

« Même si je trouve cette pratique sexiste, est-ce à l'administration de découvrir ce qui se passe sous les jupes des filles ? Je dis non ! Non ! Je défends à quiconque de regarder sous MA jupe ! »

Ouah ! Les femmes de chambre se sont carrément levées pour m'acclamer. J'avais l'impression d'être…, je ne sais pas… Jennifer Lopez.

Jamais je n'aurais pensé que je pouvais être une aussi brillante oratrice. Je ne plaisante pas. L'histoire des paramètres, à côté, ce n'était rien !

Mais Grand-Mère n'était pas aussi impressionnée que les autres.

« Amelia, est-elle à nouveau intervenue, les princesses ne tapent pas du poing sur la table.

— Je suis désolée, Grand-Mère », ai-je répondu.

Mais je n'étais pas désolée du tout. Pour tout dire, j'étais super-excitée. Je ne me doutais pas que ça pouvait être aussi drôle de s'adresser à une salle remplie de femmes de chambre. Lorsque j'avais fait mon discours devant le Parlement de Genovia, personne ne m'avait écoutée.

Cela dit, il est probable que je n'éprouve pas la même chose devant un public de mon âge. Comme devant Lana, Trisha et les autres pom-pom girls, par exemple. Devant elles, je pourrais avoir la nausée, j'en suis sûre.

Mais je ne vais pas commencer à me ronger les sangs pour ça, puisqu'il n'y aura pas de débat.

Et même si, par hasard, il y en avait un, je n'y participerais pas. Puisque Lilly a un plan.

Mercredi 9 septembre, à la maison

À mon arrivée à la maison, j'ai trouvé le chaos le plus total. Comme maman et Mr. G partent ce week-end en Indiana, maman a déplacé sa soirée poker. Au lieu de samedi, c'est ce soir. Résultat, quand j'ai ouvert la porte, j'ai vu toutes ses copines artistes assises autour de la table de la cuisine en train de manger du moo goo gai pan.

Elles faisaient tellement de bruit que Fat Louie n'est pas venu lorsque je l'ai appelé. J'ai agité son sac de croquettes, j'ai tapé sa gamelle par terre. Rien. J'ai même pensé qu'il s'était enfui – la venue du groupe féministe à la maison étant la goutte d'eau qui fait déborder le vase. Il faut dire que Fat Louie n'est pas très heureux depuis la naissance de Rocky. Plusieurs fois, on a dû le déloger du berceau. Fat Louie devait sans doute croire qu'on l'avait installé pour lui, vu qu'il a plus ou moins sa taille.

Et, je dois l'admettre, je passe BEAUCOUP de temps avec Rocky. Du temps que je passais autrefois avec Fat Louie.

Mais j'essaie d'être une bonne mère – une mère poule pour mon frère ET mon chat.

Bref, j'ai fini par trouver Fat Louie sous mon lit… mais juste sa tête, parce qu'il est si gros que le reste de son corps ne passe pas. Du coup, seul son petit arrière-train tout mignon pointait en l'air.

Je ne lui en veux pas de se cacher. Les copines de maman sont assez redoutables.

Apparemment, Mr. G est d'accord. Il se cachait, lui aussi, dans la chambre qu'il partage avec maman, où il essayait de regarder un match de base-ball avec

Rocky. Il a levé les yeux et a sursauté quand je suis entrée pour faire un bisou à Rocky.

« Elles sont parties ? m'a-t-il demandé.

— Non, ai-je répondu. Elles n'ont même pas commencé à jouer.

— Merde ! » a lâché Mr. G en regardant son fils qui, pour une fois, ne pleurait pas. En général, Rocky est plutôt sage quand la télé est allumée. « Zut, je veux dire », a-t-il corrigé.

J'ai eu un élan de sympathie pour Mr. G, à ce moment-là. C'est vrai, quoi. Ça ne doit pas être facile pour lui d'être marié à maman. Outre le côté artiste, elle semble être physiquement incapable de payer les factures à l'heure, pire, de les retrouver quand elle finit par se rappeler qu'elle doit les payer. D'ailleurs, Mr. G a tout transféré sur un compte en banque on-line, mais il s'est vite rendu compte que ça ne servait pas à grand-chose, vu que maman perd régulièrement les chèques qu'elle reçoit pour la vente de ses tableaux ou bien oublie où elle les a posés.

Je vous le jure, entre mon incapacité à diviser des fractions et son incapacité à assumer ses responsabilités d'adulte – à part participer à des manifestations ou allaiter mon petit frère –, c'est un miracle que Mr. G n'ait pas encore divorcé de nous.

« Vous voulez manger quelque chose ? ai-je demandé à Mr. G. Des travers de porc ? Des crevettes à l'ail ?

— Non, merci, Mia, a répondu Mr. G, d'un air las. C'est gentil de penser à moi mais ça va aller. »

J'ai laissé les garçons devant leur match et je suis allée dans la cuisine avec l'intention de grignoter un morceau avant de commencer mes devoirs. Les amies de maman n'ont même pas fait attention à moi. Elles étaient trop occupées à se plaindre des chanteurs comme Eminem qui transformaient toute une génération de jeunes hommes en misogynes.

Je ne pouvais tout de même pas rester là, les bras ballants, et les laisser dire. Peut-être était-ce l'effet de mon discours dans la salle de conférences vide du Plaza, mais j'ai posé mon assiette de légumes sautés sur la table et j'ai commencé à leur expliquer que leurs arguments contre Eminen étaient spécieux (je ne connais pas la signification de ce mot, mais Michael et Lilly l'emploient très souvent), et que si elles se donnaient la peine d'écouter *Cleaning Out My Closet* (l'une des chansons préférées de Rocky), elles se rendraient compte que la seule femme qu'Eminem déteste, c'est sa mère.

Mon intervention, que je trouvais plutôt bien fondée, fut accueillie par un lourd silence. Puis, ma mère s'est brusquement levée et a dit : « On a sonné ?

Ce doit être Vern, le voisin d'en dessous. Il est sans cesse contrarié en ce moment parce qu'il est persuadé qu'on organise des fêtes et qu'on ne l'invite pas. Je reviens. »

Et sur ces paroles, elle s'est précipitée vers la porte, même si la sonnette n'avait pas retenti.

L'une de ses amies féministes a attendu son départ pour dire : « Est-ce que c'est ça que ta grand-mère t'apprend pendant vos leçons de princesse, Mia : défendre Eminem ? »

Tandis qu'elles éclataient toutes de rire, j'ai pensé que je pouvais peut-être profiter de leurs lumières pour leur demander si les garçons, une fois à l'université, s'attendaient vraiment à le faire avec leur petite amie.

« Pas seulement à l'université », a répondu l'une des femmes, ce qui a de nouveau déclenché l'hilarité générale.

Bref, c'était vrai. J'aurais dû m'en douter, évidemment.

« Tu as l'air soucieuse, Mia, a fait remarquer Kate, la plasticienne qui aime bien monter sur scène et s'enduire le corps de graisse de poulet pour exprimer son point de vue sur l'industrie des produits de beauté.

— Mia a toujours l'air soucieuse », a alors dit Gretchen, une soudeuse qui s'est spécialisée dans les répliques métalliques de parties du corps. En particulier du corps de l'homme. « C'est Mia, quoi ! », a-t-elle ajouté.

Encore une fois, elles ont ri.

Ça m'a fait bizarre. Est-ce que ma mère parlait de moi dans mon dos ? OK, je le reconnais : je parle d'elle dans son dos, mais ce n'est pas la même chose quand c'est votre mère qui parle de vous dans votre dos.

Conclusion : Lilly n'est pas la seule à penser que je suis une mère poule.

« Tu te fais trop de mouron pour un oui ou pour un non, Mia », a déclaré Becca, l'artiste qui travaille avec des néons. Et tu te poses trop de questions. Je n'ai pas le souvenir de m'en être posé autant à ton âge.

— Parce que tu étais déjà sous Lithium », a fait observer Kate.

Becca s'est contentée de hausser les épaules et a poursuivi : « C'est à cause des limaces ? »

J'ai plissé les yeux.

« Les quoi ? ai-je dit.

— Les limaces, a répété Becca. Tu sais bien, ce que tu as jeté dans la baie. Tu te fais du souci parce que tout le monde t'en veut ? »

Comme Tina, elle avait dû en entendre parler aux infos.

« Oui, peut-être, ai-je répondu.

— Ça se comprend, a-t-elle déclaré. À ta place, j'éprouverais la même chose. Pourquoi ne te mettrais-tu pas au yoga ? Ça aide à se détendre, tu sais.

— Ou regarde plus la télé », a suggéré Dee, l'amie de maman qui fabrique des totems puis danse autour en s'accrochant des morceaux de foie aux bras.

Incroyable ! Ces femmes réputées pour leur intelligence me conseillaient de regarder plus la télévision ! De toute évidence, elles n'étaient pas copines avec Karen Martinez.

« Vous ne pouvez pas laisser Mia tranquille ! », est intervenue Windstorm qui, en plus d'être l'une des plus anciennes amies de maman, est sage-femme, pasteur ET chorégraphe. « Elle a bien le droit de flipper si elle veut, a-t-elle poursuivi. Il n'y a rien de plus flippant que d'avoir quinze ans. Sauf peut-être d'avoir quinze ans et d'être princesse. »

Je n'y avais jamais pensé auparavant. Est-ce que je réfléchis trop ? Est-ce que les autres réfléchissent moins que moi ? Même si, d'après Mrs. Martinez, je ne réfléchis pas ASSEZ…

Ma mère, qui était revenue entre-temps, s'est rassise et a lancé : « Ce devait être l'un de ces livreurs qui déposent des menus sur les paillassons. Qu'est-ce que j'ai raté ?

— Rien ! ai-je répondu en prenant mon assiette avant de me diriger vers la porte. Je vous laisse ! Amusez-vous bien ! »

Je me demande si Becca n'a pas raison. Sur le fait que je réfléchisse trop. C'est peut-être ça, mon problème. Ne pas pouvoir mettre mon cerveau au repos. Certains y arrivent, apparemment, mais pas moi. Réflexion faite, je n'ai jamais vraiment essayé. Mais qui aurait envie d'avoir un cerveau qui ne fonctionne pas ? À part les sœurs Hilton, évidemment. Sûr que pour faire la fête, il vaut mieux ne pas penser aux algues qui détruisent la faune et la flore de la Méditerranée ni au pétrole dont les réserves s'amenuisent de jour en jour.

En même temps, je pourrais peut-être essayer de faire quelque chose, histoire de trouver un peu d'apaisement. Du moins, si Becca dit vrai, bien sûr.

Oh, oh ! Je viens de recevoir un MSN de Michael !

SkinnerBx : On se voit toujours, samedi ?

Au moment même où Michael me posait cette question, j'ai reçu un autre MSN.

WomynRule : Tu fais quoi samedi, Mère Poule ?

Franchement, pourquoi ça n'arrive qu'à moi ?

FtLouie : Je ne peux pas te parler maintenant, je chate déjà avec ton frère.

WomynRule : Dis-lui que notre mère est en train de faire de sa chambre un lieu saint dédié au révérend Moon.

FtLouie : LILLY ! LÂCHE-MOI !

WomynRule : OK, mais tu n'oublies pas ! Tu ne prends aucun engagement pour samedi. C'est important. C'est pour la campagne.

FtLouie : J'ai déjà quelque chose de prévu avec ton frère, samedi.

WomynRule : Quoi ? Vous avez peut-être prévu de le faire, c'est ça ?

FtLouie : NON ! ON N'A PAS PRÉVU DE LE FAIRE ! QUI T'A RACONTÉ ÇA ?

WomynRule : Personne ! Eh, du calme ! Pourquoi tu t'énerves comme ça ? Mais, attends… Une minute… VOUS L'AVEZ DÉJÀ FAIT ? ET TU NE ME L'AS PAS DIT ???

FtLouie : Pour la dernière fois, Lilly, ON NE L'A PAS DÉJÀ FAIT ET ON N'A PAS PRÉVU DE LE FAIRE !!!

SkinnerBx : Faire quoi ? De quoi tu parles ?

OH, MON DIEU !

FtLouie : Ce n'est pas à toi que je parlais, mais à Lilly !

SkinnerBx : Lilly chate avec toi en ce moment ?

WomynRule : Je n'arrive pas à croire que tu le fasses avec mon frère. C'est dégoûtant. Tu sais qu'il a des poils sur les orteils. Comme un hobbit.

FtLouie : Lilly ! TAIS-TOI !

SkinnerBx : Est-ce que Lilly t'embête ? Dis-lui que si elle n'arrête pas, je raconte aux parents ses expériences de gravitation avec les figurines en porcelaine goebel de Grand-Mère.

FtLouie : VOUS ALLEZ ARRÊTER À LA FIN TOUS LES DEUX !!!!! JE VAIS DEVENIR FOLLE AVEC VOUS !!!!

FtLouie : Terminé.

Vous savez quoi ? Si être une mère poule, ça veut dire que Rocky et moi, on ne deviendra jamais comme ces deux-là, eh bien, je ne suis pas mécontente d'en être une.

Jeudi 10 septembre, en perm

Oh.

Mon.

Dieu.

Je n'ai rien à dire de plus.

Jeudi 10 septembre en gym

Il y en a même dans le gymnase. Comment a-t-elle fait pour les accrocher aux cordes ?

Et il y en a dans les douches aussi. Enveloppées dans des feuilles de plastique pour qu'elles ne prennent pas l'eau.

Je sais qu'on ne peut pas mourir de honte, mais je me demande si je ne serais pas l'exception qui confirme la règle.

Jeudi 10 septembre, en géométrie

IL Y EN A PARTOUT.

DES PHOTOS DE MOI EN COULEURS AVEC MON DIADÈME SUR LA TÊTE ET MON SCEPTRE DANS UNE MAIN.

Elles datent de décembre dernier, quand j'ai été présentée pour la première fois au peuple de Genovia.

Et sous les photos, on peut lire : *Votez pour Mia.*

Et en dessous : *PEG.*

PEG. Je ne sais même pas ce que ça veut dire.

Tout le monde en parle. TOUT LE MONDE. J'étais tranquillement assise, tout à l'heure en perm, en train de m'avancer dans mes devoirs, quand Trisha

Hayes est entrée et m'a lancé : « Belle tentative, PEG, mais ça ne changera rien. Tu as beau être princesse, Lana est la fille la plus populaire du lycée. Elle va te décimer lundi.

— Il y en a qui ont fait des progrès en vocabulaire ! » ai-je répondu à Trisha, à cause du mot *décimer*.

Mais ce n'est pas du tout ce que j'aurais aimé lui dire. Ce que j'aurais aimé lui dire, c'est : « CE N'EST PAS MOI QUI AI FAIT ÇA !!!! JE NE SAIS MÊME PAS CE QUE PEG VEUT DIRE !!!!! »

Mais je n'ai pas pu. Parce que tout le monde me regardait, même Mr. Harding. Qui a retiré cinq points au prochain devoir de Trisha parce qu'elle n'était pas assise à sa place quand la cloche a sonné.

« Vous n'avez pas le droit de faire ça, lui a-t-elle dit.

— Ah bon ? a répondu Mr. Harding. Excusez-moi, mademoiselle Hayes, mais je crois que vous avez tort.

— Pas pour longtemps, a répliqué Trisha. Quand mon amie Lana sera la présidente du comité des délégués de classe, elle abolira ce genre de pratique.

— Qu'en pensez-vous, mademoiselle Thermopolis ? m'a demandé Mr. Harding. Est-ce que l'abolition des avertissements pour retard fera partie de votre campagne ?

— Euh..., non, ai-je murmuré.

— Vraiment ? » a fait Mr. Harding, l'air intéressé. Sauf qu'à mon avis, ça l'intéressait uniquement parce qu'il trouvait la situation drôle. D'un point de vue de prof. « Et pourquoi donc ? a-t-il continué.

— Eh bien..., ai-je commencé en sentant mes oreilles chauffer, parce que je préférerais me concentrer sur des choses plus importantes. Comme le manque de choix dans les entrées végétariennes, ou l'installation des caméras de surveillance devant le lycée, qui me semble être une violation du droit à la vie privée. Ou encore comme le fait que certains profs ne nous notent pas de manière objective. »

À ma grande surprise, certains élèves au fond de la classe se sont mis à applaudir. Sérieux. Lentement au départ puis de plus en plus vite et fort vers la fin.

Sauf que Mr. Harding y a mis le holà avant que ça ne devienne trop fort. « C'est bon, c'est bon, a-t-il dit, ça suffit. Prenez vos livres et ouvrez-les page 14. »

Mon Dieu. Cette histoire d'élection est allée trop loin.

Syllogisme :
argument de la forme a → b (1er principe)
b → c (2nd principe)
par conséquent : a → c (conclusion)

N'IMPORTE QUOI. Pourquoi avoir pris celle où je tiens mon sceptre ? J'ai l'air débile sur celle-là.

Note pour moi : chercher *décimer* dans dictionnaire.

Jeudi 10 septembre, en anglais

LILLY !!!! OÙ AS-TU TROUVÉ CES AFFICHES ???

À ton avis ? Et arrête de me crier dessus !

Je ne crie pas. Je suis très calme et je voudrais savoir si c'est ma grand-mère qui te les a procurées ?

Évidemment. Qu'est-ce que tu crois ? Que je les ai payées de ma poche ? Est-ce que tu sais au moins combien coûte une affiche en couleurs de cette taille ? Tout le budget de *Lilly ne mâche pas ses mots* n'y suffirait même pas !

Mais je croyais que tu détestais ma grand-mère ! Pourquoi l'as-tu laissée s'immiscer dans cette affaire ?

Parce que, au cas où tu ne t'en serais pas rendu compte, ces élections représentent énormément pour moi. Je VEUX que l'on gagne, Mia. Il le faut. C'est la seule façon pour empêcher que cette école ne devienne un état fasciste sous le joug tyrannique de la principale Gupta.

Mais Lilly, JE NE VEUX PAS ÊTRE PRÉSIDENTE DU CONSEIL DES DÉLÉGUÉS DE CLASSE.

Ne t'inquiète pas. Tu ne le seras pas.

À QUOI ÇA RIME, ALORS ? Je sais que dans l'esprit de tout le monde, Lana va remporter les élections parce qu'elle remporte toujours tout, mais en même temps, il se passe des choses bizarres. Par exemple, aujourd'hui, en géométrie, j'ai dit un truc sur les caméras de surveillance qui violaient notre droit à la vie privée, et des élèves se sont mis à APPLAUDIR.

Ça marche, comme je l'avais prévu !!

Qu'est-ce qui marche ?????

Laisse tomber. Continue de faire ce que tu fais. C'est super. Et tellement naturel. Ça ne pourrait pas être plus naturel.

MAIS JE NE FAIS RIEN.

C'est bien pour ça que c'est génial. Fais bien attention à ce qui se passe en ce moment. C'est très important, ce que je te dis là, surtout si tu veux devenir écrivain.

Lilly, est-ce qu'il va y avoir un débat ? Ma grand-mère m'a parlé d'un débat.

Chut. Fais attention à ce qui se passe. Au fait, c'est quoi cette histoire entre mon frère et toi ? Vous le faites vraiment ?

ARRÊTE DE CHANGER DE SUJET ! EST-CE QU'IL VA Y AVOIR UN DÉBAT ?????? RÉPONDS-MOI, LILLY !!!! VA-T-IL Y AVOIR UN DÉBAT, OUI OU NON ???????

Je ne pense pas que Lilly te réponde. Est-ce que je peux faire quelque chose ?

Oh, salut Tina. Non, malheureusement pas. À moins que… Tu ne pourrais pas demander à ton garde du corps de me tuer, s'il te plaît. Ça m'arrangerait beaucoup.

Le problème, c'est que Wahim n'est autorisé à tirer sur quelqu'un que si la personne a cherché à me kidnapper. Tu connais ça, non ?

Oui. Mais j'aimerais tellement être morte.

Je suis désolée. C'est à cause des élections ?

Oui, et de Michael, et de tout ça.

Est-ce que vous l'avez eue, alors, cette fameuse discussion ?

Non. Quand voudrais-tu qu'on l'ait eue, de toute manière? On ne se voit plus. Michael est tellement pris depuis qu'il est à la fac. Tous les jours, il apprend ce qui menace la vie sur Terre. Et puis, on ne peut pas parler de LE faire - ou plutôt dans le cas présent de ne PAS le faire - au téléphone ou par MSN. C'est le genre de sujet qu'il vaut mieux aborder de vive voix.

C'est vrai. Quand allez-vous en parler, du coup ?

Samedi, je suppose. De toute façon, on ne se voit pas avant.

Super ! Tu ne trouves pas que cette jupe-culotte va bien à Mrs. Martinez ! Jamais je n'aurais pensé qu'une jupe-culotte puisse tomber aussi bien !

Oui, sauf que ce n'est pas parce qu'une jupe-culotte te va bien que tu es quelqu'un de bien pour autant.

Quoi ? Mrs. Martinez est quelqu'un de bien, voyons ! Elle adore Jane Austen !

Mais pas pour les mêmes raisons que nous.

Tu veux dire qu'elle ne trouve pas Colin Firth sexy dans *Orgueil et Préjugés* ? Pour quelle autre raison pourrait-on aimer Jane Austen ?

Laisse tomber. Fais comme si je n'avais rien dit.

Est-ce que tu crois que Mrs. Martinez sait comment Emma Thompson a fait pour que le type qui joue Willoughby tombe amoureux d'elle dans la vraie vie ???? Parce que même si dans *Raison et Sentiments*, il a le rôle d'un méchant, je suis sûre qu'au fond de lui, c'est un ange. De toute façon, Emma avait bien besoin de trouver l'amour après que Kenneth Brannagh l'a quittée pour Helena Bonham-Carter.

Parfois, j'aimerais être dans la tête de Tina au lieu de la mienne. Franchement. Ça doit être tellement reposant.

Jeudi 10 septembre, dans les toilettes d'Albert-Einstein

Comment se fait-il que je me retrouve toujours là ? À écrire mon journal dans les toilettes, je veux dire. Ça devient une espèce d'habitude.

Tout a commencé assez innocemment. On parlait du dernier épisode de *Dawson* quand Tina m'a brusquement demandé : « Au fait, tu l'as dit à Lilly ? »

Et Lilly a aussitôt rétorqué : « Dit quoi ? »

Je le jure, je pensais que Tina parlait de cette histoire de LE faire ou pas avec Michael. Du coup, je l'ai foudroyée du regard jusqu'à ce qu'elle poursuive et dise : « Au sujet de tes parents qui partent dans l'Indiana ce week-end. »

Apparemment, j'avais dû le lui mentionner à un moment ou à un autre, mais quand ? Impossible de me rappeler.

Quoi qu'il en soit, la nouvelle a semblé emballer Lilly. « Ils partent ce week-end ! s'est-elle exclamée. C'est génial. On va pouvoir faire une nouvelle fête ! »

Hé ho. On aurait pu penser que de toutes les personnes qui m'entourent, Lilly aurait été la dernière à vouloir venir à une fête chez moi. Ou du moins aurait eu la délicatesse de ne pas en parler quand son ex, qu'elle a perdu justement lors de ma dernière fête, était assis à moins d'un mètre d'elle.

Mais de toute évidence, elle s'en fichait complètement.

« On peut venir à quelle heure ? a-t-elle demandé.

— Ce n'est pas parce que ma mère et Mr. G partent ce week-end que je vais organiser une fête, me suis-je empressée de répondre, en proie à la panique.

— Bien sûr, a répondu Lilly. J'oubliais que tu étais l'héritière du trône de Genovia. Tes parents n'ont pas le droit de te laisser seule, mais ce n'est pas un problème. Je suis sûre qu'on pourra envoyer Lars et Wahim quelque part…

— NON ! ai-je crié. Lilly, je n'organiserai pas de fête parce que la dernière fois que j'en ai organisé une, ça a été une catastrophe.

— C'est vrai, a concédé Lilly. Sauf que cette fois, Mr. Gianini ne sera pas là et…

— JE T'AI DIT NON ! » ai-je répété.

Lilly a fait la moue et a lâché : « Ce n'est pas parce que tu as eu B à ton expression écrite que tu dois t'en prendre à moi. »

Très bien, Lilly, je ne m'en prendrai pas à toi.

Mais ce n'est pas parce que TES parents ne te font pas assez confiance pour te laisser seule dans l'appartement, depuis que tu as désactivé l'installation d'extinction automatique d'incendie avec le lance-flammes, que tu avais fabriqué à partir d'une laque en spray, que TU dois t'en prendre à moi.

Sauf que je n'ai rien dit de tout cela, évidemment.

« Attends, est brusquement intervenu Boris. TU as eu B à ton expression écrite, Mia ? Mais comment est-ce possible ? »

Bref, je n'ai pas pu faire autrement qu'annoncer la nouvelle à tout le monde, autour de la table, à savoir qu'il fallait se méfier de Mrs. Martinez car ce n'était qu'une poseuse.

« Tu dois te tromper, Mia ! s'est exclamée Tina. Elle s'habille avec tellement de goût !

— Ce qui prouve que le cœur d'une personne n'a rien à voir avec la façon dont il ou elle s'habille », a fait remarquer Boris en me jetant un regard lourd de signification.

Je m'en fiche. On ne rentre pas son sweat-shirt dans son pantalon, un point c'est tout. Qu'on ait du cœur ou pas.

« Peut-être qu'elle pensait bien faire, a dit Tina, qui ne peut pas s'empêcher de chercher les bons côtés des gens.

— Rien ne justifie sa manière de casser l'élan artistique de qui que ce soit, a déclaré Ling Su. Des tas de soi-disant critiques ou journalistes *pensaient* bien faire quand ils descendaient en flammes les travaux des impressionnistes. Mais si des artistes comme Renoir et Monet avaient suivi leurs conseils, quelques-unes des plus grandes œuvres d'art de l'humanité n'auraient jamais vu le jour.

— Je n'irais pas jusqu'à comparer mon expression écrite à un tableau de Renoir, mais merci quand même, Ling Su, ai-je murmuré.

— En admettant que le texte de Mia soit effectivement archinul, a commencé Boris, sans mâcher ses mots comme à son habitude, un prof a-t-il le droit de le lui dire ?

— C'est vrai que d'un point de vue pédagogique, ça ne se fait pas, est intervenue Shameeka.

— Il faut agir, a déclaré Ling Su. Mais comment ? »

Le problème, c'est qu'avant qu'on ne trouve une solution, on a tous senti une ombre noire planer au-dessus de notre table. On a levé les yeux. C'était…

Lana.

Nos cœurs se sont brusquement serrés. Enfin, le mien, en tout cas.

Lana était accompagnée par la nouvelle Grand Moff Tarkin, j'ai nommé : Trisha Hayes.

« Pas mal, les affiches, *PEG*, a-t-elle dit sur un ton évidemment sarcastique. Mais elles ne te serviront à rien.

— Oui, a renchéri Trisha. On a fait un petit sondage au réfectoire : si les élections avaient lieu aujourd'hui, tu n'obtiendrais que seize voix.

— Vous voulez dire qu'il y a seize personnes dans ce réfectoire qui ont eu le courage de vous annoncer qu'elles ne voteraient pas pour vous ? a demandé Lilly en grignotant des petits bouts de chocolat de sa glace. Je ne pensais pas que ce lycée comptait autant de masochistes.

— Contente-toi de bouffer ton esquimau, la grosse, et on verra qui est maso ici, a lâché Lana.

— Ce n'est pas un esquimau mais un Kim Cône », a précisé Boris, parce que Boris est comme ça.

Lana ne l'a même pas regardé.

« Tu sais quoi ? a-t-elle poursuivi. Je vais te battre à plates coutures lundi pendant le débat. Personne à Albert-Einstein n'a envie d'être représenté par une fille qui balance des limaces ! »

Et avant que j'aie le temps de me défendre, Lana nous avait tourné le dos et était partie.

Comme je ne tenais pas particulièrement à humilier Lilly en lui disant le fond de ma pensée en présence de son ex, surtout depuis que son ex est devenu super-sexy, je l'ai regardée droit dans les yeux et j'ai juste dit : « Lilly. On se retrouve aux toilettes. TOUT DE SUITE. »

À ma grande surprise, elle m'a suivie.

« Lilly », ai-je commencé en tentant de rassembler tout le tact que j'ai appris à avoir au contact de Grand-Mère. Non que Grand-Mère m'ait donné des tuyaux pour mieux m'y prendre avec les gens, mais j'ai tellement de mal avec elle que j'ai plus ou moins acquis ce genre de savoir-faire depuis un moment.

« Cette histoire est allée trop loin, ai-je repris. Je n'ai jamais voulu présider le comité des délégués de classe, mais tu m'as assuré que tu avais un plan. Alors, si tu en as vraiment un, j'aimerais savoir lequel. Parce que j'en ai assez qu'on m'appelle *PEG* – quoi que cela signifie, d'ailleurs. Et il est HORS DE QUESTION que j'affronte Lana au cours d'un débat. Tu as entendu ? IL EN EST HORS DE QUESTION.

— Princesse en gestation », a répondu Lilly.

Je l'ai regardée comme si elle ne tournait pas rond. Ce qui est le cas, j'en suis sûre.

« Princesse en gestation, a-t-elle répété. C'est ce que PEG veut dire.

— Je t'ai prévenue que je ne voulais plus que tu m'appelles comme ça ! l'ai-je menacée en serrant les poings.

— Non, a corrigé Lilly. Tu m'as dit que tu ne voulais plus que je t'appelle Mère Poule ou PDG, princesse de Genovia. Pas PEG, princesse en gestation.

— Lilly, ai-je protesté en serrant toujours les poings. Je ne veux pas présider le comité des délégués de classe. J'ai suffisamment de problèmes comme ça, je n'ai pas besoin de m'en ajouter d'autres. Et je ne veux pas me retrouver face à Lana lundi devant toute l'école.

— Est-ce que tu veux améliorer nos conditions de vie au sein de cet établissement ? m'a demandé Lilly.

— Oui, bien sûr, ai-je répondu. Mais ne rêve pas, je ne battrai jamais Lana. C'est la fille la plus populaire de tout le bahut. Personne ne votera pour moi. »

À ce moment-là, on a entendu le bruit d'une chasse d'eau. On n'était donc pas seules dans les toilettes. Et en effet, cinq secondes plus tard, une fille de première année est sortie d'une cabine et s'est dirigée vers les lavabos pour se laver les mains.

« Excusez-moi, Votre Altesse, m'a-t-elle dit après que Lilly et moi, on l'a regardée avec des yeux étonnés. Mais j'admire sincèrement ce que vous avez fait avec les limaces. Et j'ai l'intention de voter pour vous. »

Puis elle a jeté la serviette en papier dans la poubelle et est sortie.

« Ha ! s'est exclamée Lilly. HA ! HA ! Tu as vu ? Je te l'avais dit ! Les choses changent, Mia ! Le règne des Lana et des personnes de son acabit, c'est fini. Les gens veulent une nouvelle reine. Ou une nouvelle princesse, en ce qui nous concerne.

— Lilly..., ai-je commencé.

— Continue de te comporter exactement comme tu le fais en ce moment, m'a interrompue Lilly, et tout se passera bien.

— Mais Lilly…

— Et n'oublie pas de me réserver ton samedi après-midi, a continué Lilly. Tu peux faire ce que tu veux avec mon frère le soir, mais garde-moi l'après-midi.

— Lilly, je ne veux pas présider le comité des délégués de classe ! ai-je hurlé.

— Ne t'inquiète pas, a dit Lilly en me donnant une petite tape sur la joue, tu ne le présideras pas.

— Mais je ne veux pas non plus que Lana m'humilie en me battant aux élections !! ai-je insisté.

— Ne t'inquiète pas, a répété Lilly tout en remettant l'une de ses nombreuses barrettes dans ses cheveux. Tu ne le seras pas non plus.

— MAIS CE QUE TU RACONTES N'EST PAS LOGIQUE !!! », ai-je hurlé une dernière fois.

Sauf que la cloche a sonné au même moment et que Lilly est partie.

Jeudi 10 septembre, en éducation civique

THÉORIES DU GOUVERNEMENT (suite)

Théorie de la force

La religion et l'économie jouant un rôle important dans l'histoire, les gouvernements se sont toujours arrangés pour obliger le peuple à payer un tribut. Cette pratique s'étant vue sanctionnée par la coutume, les dirigeants ont créé des mythes et des légendes pour justifier leurs lois.

{C'est plus ou moins comme ça que les élèves de cet établissement ont fini par accepter d'être gouvernés par les sportifs et les pom-pom girls, bien que ces derniers ne comptent pas nécessairement parmi les éléments les plus brillants du lycée et ne soient pas particulièrement sympathiques avec ceux qui ne sont ni sportifs ni fêtards. Comment se fait-il qu'ils soient QUALIFIÉS pour nous diriger ? Pourtant, leur parole fait loi et tout le monde leur paie un tribut en ne dénonçant ni leur cruauté ni le fait qu'ils méprisent de manière flagrante le règlement scolaire, lorsqu'ils fument dans l'enceinte du lycée ou portent le short de leur petit ami sous leur jupe. Ce n'est pas juste. Les méfaits de certains ont un impact négatif sur beaucoup, et ça ne va pas. Je me demande ce que John Locke dirait.}

Jeudi 10 septembre, en SVT

Quand Kenny arrêtera-t-il de me parler de sa petite amie ? Je suis sûre qu'elle est sympa et tout ça, mais franchement, est-ce qu'il est obligé de me rapporter chacune de leurs conversations ?

Champ magnétique

1. Non constant – varie en force mais difficilement détectable

2. Pôles s'écartent – plusieurs fois, pôles s'inversent

3. Inversion du champ magnétique – pendant que les pôles s'inversent, champ disparaît, permettant aux ions d'atteindre la terre, mutations, catastrophes climatiques, etc.

Dernière grande inversion date de 800 000 ans : particules magnétiques qui pointaient vers le nord ont pointé vers le sud.

Devoirs :

Géométrie : exercices pages 33-35

Anglais : pages 54-75 de *Éléments de Style* de Strunk et White

Français : lire *L'Étranger* pour lundi

Éduc. civique : Définition de la théorie de la force

SVT : Perturbations orbitales

Jeudi 10 septembre, dans la limousine, de retour à la maison après le Plaza

Quand je suis entrée dans la suite de Grand-Mère au Plaza pour ma leçon de princesse, qu'est-ce que vous pensez que j'ai trouvé, à votre avis ?

Une interrogation écrite sur le plan de table à adopter lorsqu'on reçoit des chefs d'État à un dîner diplomatique ? Non.

Un professeur de valse pour mon prochain bal ? Non plus.

C'est pourtant le genre de choses auxquelles on est en droit de s'attendre quand on prend des leçons de princesse. Et Grand-Mère est plus que vigilante dans sa tâche.

Eh bien, je vais vous dire ce que j'ai trouvé : une dizaine de journalistes tous plus impatients les uns que les autres de discuter de ma campagne électorale. ET mon chef de campagne, à savoir Lilly.

Oui, vous avez bien lu : Lilly. Lilly était là, assise à côté de Grand-Mère, et répondait aux questions des journalistes.

Lorsque ces derniers m'ont vue entrer, ils se sont levés d'un bond et ont dirigé leurs micros vers moi en s'écriant : « Votre Altesse, Votre Altesse ! Avez-vous hâte de participer au débat de lundi ? » Ou bien :

« Princesse Mia, avez-vous quelque chose à dire à vos électeurs ? »

Oui, j'avais quelque chose à dire, et à l'une de mes électrices en particulier. C'était : « LILLY ! QU'EST-CE QUE TU FABRIQUES ICI ?????? »

C'est ce moment-là que Grand-Mère a choisi pour passer à l'attaque. Elle s'est précipitée vers moi et, après avoir glissé un bras autour de mes épaules, elle a déclaré : « Ta chère amie Lilly et moi discutions avec ces adorables journalistes de ta campagne pour la présidence du comité des délégués de classe, Amelia. Mais en vérité, ce qu'ils aimeraient, c'est que tu leur fasses une petite déclaration. Tu serais un amour si tu acceptais. »

À peine Grand-Mère avait-elle prononcé le mot *amour* que j'ai compris qu'il se tramait quelque chose, même si je savais déjà qu'il se tramait quelque chose puisque Lilly était là. Et d'abord, comment avait-elle fait pour arriver aussi vite au Plaza ? Elle avait dû prendre le métro pendant que j'étais coincée dans les embouteillages avec la limousine.

« Oh, oui, *princesse*, a-t-elle dit en me prenant par la main avant de me forcer – assez brusquement, je dois dire – à m'asseoir à côté d'elle. Raconte à tous ces gentils journalistes quel genre de réformes tu envisages de proposer. »

Je me suis penchée en avant en faisant mine de m'intéresser aux petits sandwiches au cresson que la femme de chambre de Grand-Mère avait apportés aux journalistes, et j'ai glissé à l'oreille de Lilly : « Là, tu as dépassé les bornes. »

Lilly s'est contentée de sourire et s'est adressée à Grand-Mère : « Je crois que la princesse aimerait bien un peu de thé, Votre Altesse.

— Mais bien sûr ! a répondu Grand-Mère. Antoinette ! Du thé pour la princesse ! »

La conférence de presse a duré une heure environ, une heure durant laquelle des journalistes des quatre coins du pays me posaient des questions sur les différents points de ma campagne. J'étais en train de penser qu'il ne devait rien se passer de très passionnant dans le monde pour qu'ils s'intéressent tous à ma campagne, quand l'un des journalistes m'a posé une question qui m'a permis de comprendre pourquoi Grand-Mère tenait tant à ce que je me ridiculise devant l'Amérique profonde et pas seulement devant mes camarades de lycée.

« Princesse Mia, a commencé le journaliste d'*Indianapolis Star*, est-il vrai que la seule et unique raison au fait que vous vous présentiez à la présidence du comité des délégués de classe de votre lycée – et la seule et unique raison expliquant notre présence à tous ici –, c'est que votre famille essaie de distraire l'attention des médias du vrai sujet qui défraie la chronique en Europe, à savoir votre acte d'éco-terrorisme au cours duquel vous avez lâché dix mille limaces dans la baie de Genovia ? »

Tous les micros se sont aussitôt braqués sur moi. J'ai cligné des yeux à plusieurs reprises avant de répondre : « Ce n'était pas un acte d'éco-terrorisme. J'ai fait ça pour sauver... »

Grand-Mère m'a alors brusquement interrompue en frappant dans ses mains. « Qui veut un verre de grappa ? a-t-elle lancé. De la bonne grappa de Genovia ! Je ne connais personne qui puisse y résister ! »

Mais aucun des journalistes ne s'est laissé avoir.

« Princesse Mia, que pensez-vous du fait que Genovia risque d'être chassée de l'Union européenne à cause de votre acte d'égoïsme pur ? a continué le journaliste d'*Indianapolis Star*.

— Qu'est-ce que cela vous fait, Votre Altesse, de vous dire que vous êtes responsable de la destruction de l'économie de votre propre pays ? a demandé un autre journaliste.

— Qu… quoi ? » ai-je lâché.

Je n'arrivais pas à y croire. De quoi parlaient-ils ?

Pour une fois, Lilly est venue à ma rescousse.

« Écoutez-moi ! a-t-elle crié. Si vous n'avez plus de questions à poser à Mia au sujet de sa campagne électorale, je vous demanderais de nous laisser.

— C'est une tentative pour étouffer l'affaire ! a hurlé quelqu'un. Pour nous empêcher de connaître la vérité !

— Princesse Mia, princesse Mia ! » appelait quelqu'un d'autre tandis que Lars conduisait – ou plutôt poussait – les journalistes vers la sortie.

« Faites-vous partie du FLT, le Front de Libération de la Terre ? Désirez-vous faire une déclaration au nom d'autres éco-terroristes comme vous ? »

Une fois le dernier journaliste dehors, Grand-Mère a vidé son Sidecar d'un trait et a dit : « Ça s'est plutôt bien passé, vous ne trouvez pas ? »

Je n'en revenais pas. Je me suis effondrée sur le canapé, en état de choc. Éco-terrorisme ? Le FLT ? Tout ça à cause de quelques limaces ????

Lilly a ramassé son agenda électronique (depuis quand elle en a un ????) et a rejoint Grand-Mère.

« Bien. On a *Time Magazine* à 18 heures et *Newsweek* à 18 h 30, a-t-elle annoncé. J'ai reçu un coup de fil de CBS. Je suis de plus en plus convaincue qu'il faut les caser ce soir. De toute façon, ça ne peut pas nous faire de mal. Et on a une demande de New York One. Ils aimeraient avoir Mia pour leur émission de ce soir, *La politique vue de l'intérieur*. Je leur ai fait jurer de ne poser aucune question sur le mot qui commence par E.

— Formidable, a déclaré Grand-Mère. Et Larry King ? »

Lilly a branché les écouteurs qu'elle venait de glisser sur sa tête et a dit : « Antoinette ? Avez-vous des nouvelles de Larry K ? Non ? Pas encore ? OK. Continuez. »

Larry K ? Le mot qui commence par E ?

« MAIS QUE SE PASSE-T-IL ???? », ai-je fini par hurler.

Grand-Mère et Lilly m'ont regardée comme si elles venaient tout juste de se rendre compte de ma présence.

« Oh, a fait Lilly en retirant son casque. Mia, tu te fais du souci à cause de cette histoire de FLT. Ça n'en vaut pas la peine.

— Oui, ce n'est rien, a renchéri Grand-Mère en allumant une cigarette. Dis-moi plutôt : est-ce comme cela que tu te coiffes en ce moment ? Tu ne crois pas qu'un peu plus court, ce serait… mieux ?

— Que se passe-t-il ? ai-je répété en ignorant la question. Est-ce que Genovia risque vraiment d'être expulsée de l'Union européenne ? »

Grand-Mère a soufflé un long panache de fumée avant de répondre : « Si je n'interviens pas, oui. »

Mon cœur s'est serré. C'était donc vrai !

« Tu veux dire que l'Europe peut vraiment nous chasser à cause de quelques petites limaces ?

— Bien sûr que non. »

C'est mon père, brusquement entré dans la suite, un portable à la main, qui venait de dire ça. J'ai éprouvé un bref soulagement jusqu'à ce que je m'aperçoive qu'il ne me parlait pas à moi, mais à son correspondant, au téléphone.

« Non ! » a-t-il hurlé à la personne qui se trouvait au bout du fil tout en attrapant un petit sandwich avant de retourner dans sa suite. « Elle a agi seule et non pas au nom d'une organisation globale ! Ah bon ? Je suis désolé pour vous. Peut-être le comprendrez-vous quand vous aurez une fille de quinze ans. »

Et sur ces paroles, il est sorti en claquant la porte.

« Et si nous parlions de la plate-forme électorale d'Amelia ? a suggéré Grand-Mère en écrasant sa cigarette.

— Excellente idée », a répondu Lilly.

Quand mon père est revenu, entre mon interview avec *Time* et celui de *Newsweek*, et que j'ai vu à quel point il avait l'air stressé, je me suis excusée platement pour cette histoire de limaces.

« Ne te fais pas autant de mouron, Mia, m'a-t-il dit. On finira par s'en sortir si je parviens à convaincre tout le monde que tu as agi en ton nom et non pas en tant que princesse régente.

— Qui sait ? Les gens changeront peut-être d'avis quand ils verront que les limaces sont utiles, ai-je déclaré, pleine d'espoir.

— C'est bien le problème, a rétorqué mon père. Tes limaces ne font rien. D'après le dernier rapport du centre de plongée de la Marine royale de Genovia, elles ne bougent pas et ne mangent pas cette fichue algue comme tu me l'avais si passionnément assuré. »

Rien ne pouvait être plus démoralisant.

« Peut-être sont-elles en état de choc ? ai-je suggéré. Après tout, elles viennent d'Amérique du Sud, elles ne sont probablement jamais allées aussi loin de chez elles. Il doit leur falloir un petit moment pour s'acclimater à un nouvel environnement.

— Mia, elles sont dans la baie depuis presque deux semaines, m'a rappelé mon père. On pourrait penser qu'au bout de deux semaines, elles seraient un peu affamées, non ?

— Qui te dit qu'elles n'ont pas fait un gros repas dans l'avion ? ai-je lancé, au bord des larmes. J'avais bien stipulé qu'elles voyagent le plus confortablement possible et…

— Mia, m'a coupée mon père. Accorde-moi une faveur. La prochaine fois que tu as une grande idée pour sauver la baie de Genovia de l'attaque d'une algue géante, parle-m'en d'abord. »

Pauvre papa. Ce n'est pas facile d'être prince.

Je suis partie juste après. Mais pas Lilly. LILLY EST RESTÉE AVEC GRAND-MÈRE. Parce qu'elle n'avait toujours pas réussi à joindre Larry. Lilly m'avait dit que si elle parvenait à faire en sorte que Larry King m'invite sur le plateau de son émission, ce serait du tout cuit pour battre Lana lundi.

Je ne suis pas d'accord. Si ça avait été TRL, je ne dis pas. Mais personne à Albert-Einstein ne regarde CNN. Sauf Lilly, bien sûr.

Enfin. Tout cela ne m'explique pas ce qu'elle peut retirer de cette histoire d'élection ?

Et pourquoi ne s'est-elle pas présentée, d'abord ? Après tout, ça aurait été plus logique, vu comme elle en veut à la principale d'avoir installé des caméras de surveillance.

I

Note de Son Altesse Royale, la princesse Mia

Triste mais vrai : quelques-uns des plus grands dirigeants du monde ont été oubliés par les historiens, pour la simple raison qu'il leur manquait un chromosome Y à la naissance ! Songez à Lady Jane Grey : reine d'Angleterre jusqu'au moment où elle fut décapitée pour trahison*, qui a jamais entendu parler d'elle ? Personne ! Même le film réalisé à partir de sa biographie a pour titre *Lady Jane.*
D'accord, elle n'est restée sur le trône que neuf jours, ce qui ne suffit pas pour effectuer un sérieux dépoussiérage social. Néanmoins, on aurait quand même pu accorder une chance à cette fille. Objectivement, elle était reine !
En un mot, on nous rebat les oreilles avec les dirigeants de ce monde, mais les femmes passent pratiquement inaperçues. Donc, voici quelques portraits de femmes qui ont régné avec autant de sagesse que de sagacité. À nous de tirer les leçons de leurs victoires comme de leurs erreurs.

*Je me réjouis que la peine de mort n'ait pas cours à Genovia. Ça me ferait mal d'être décapitée pour mauvaise gestion de mon royaume. Franchement, la simple suggestion d'installer des parcmètres a aussitôt provoqué une levée de boucliers politiques en sourdine. Les gens sont parfois si chatouilleux !

Cléopâtre

Par Lilly Moscovitz, meilleure amie de la princesse Mia, auteur, producteur et éditeur de « Lilly dit les choses telles qu'elles sont »

[avec commentaires de la princesse Mia]

Cléopâtre, dernière reine égyptienne avant que l'Égypte tombe sous la dépendance romaine, est sans doute mieux connue pour sa présentation mémorable à Jules César. Toujours prête à faire grosse impression, Cléo s'est pointée chez Jules enroulée dans un tapis qui fut dramatiquement déroulé par des esclaves nubiens, révélant son anatomie. En quelque sorte, Cléopâtre préfigurait l'une de nos princesses pop contemporaines, Britney Spears, qui apparut une fois aux Victoires de la Musique retransmises par MTV simplement vêtue d'un serpent en peaux de bananes drapé autour du cou.

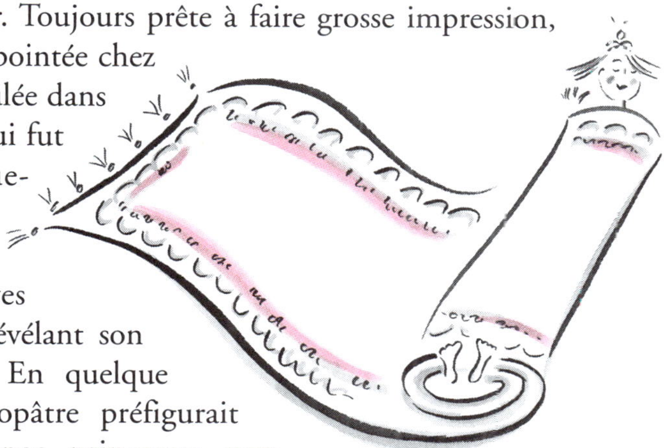

En revanche, Britney est moins avisée que Cléopâtre pour manipuler ses amoureux (songez à la tournure calamiteuse qu'a prise sa rupture avec Justin). Tandis que sa relation avec Marc Antoine a assuré à Cléopâtre (après avoir plaqué Jules César), des années durant, la position de femme la plus puissante de la planète.

On passe généralement sous silence, à propos de la reine du Nil, son aptitude à parler neuf langues ; son talent en mathématiques et en stratégie militaire, sa dévotion absolue à son pays. Son ravissant profil a orné la monnaie égyptienne tout comme les deniers romains circulant autour de la Méditerranée.

Britney n'en obtiendra jamais autant, c'est à craindre. Cléopâtre fut vraiment, comme elle aimait à le dire, la nouvelle Isis. Et ce, jusque dans la mort, puisqu'elle préféra périr mordue par un aspic plutôt que d'être réduite en esclavage par ses ennemis. Ce, dans le plus pur respect de la religion égyptienne.

[Un aspic, pour celles d'entre vous qui n'auraient pas vu la Planète des animaux, est un serpent venimeux. Et imaginez le délire si notre monnaie portait l'effigie de Britney Spears… le visage de Britney sur un billet de cinq dollars pas mal, non ? Voilà qui rendrait le shopping mille fois plus excitant ! Tout bien réfléchi, Cléopâtre s'apparenterait davantage à une J. Lo de l'Antiquité. La ressemblance est frappante. Souhaitons simplement à J. Lo que sa chance avec les garçons tourne mieux que cette pauvre Cléo.]

Au hasard, le conseil de Lilly pour agir en princesse :

Imitez Cléo. Faites une entrée fracassante dès votre prochaine fête ou événement scolaire. Inutile de vous draper dans un tapis (poussiéreux et inconfortable). En revanche, vous pouvez franchir la porte la tête haute, comme si vous étiez la maîtresse des lieux. En un rien de temps, on vous considérera comme la reine du Nil.

Aliénor d'Aquitaine

Bien qu'elle ait épousé, à l'âge de quinze ans, le roi de France Louis VII, Aliénor d'Aquitaine - aussi futée que dégourdie - ne s'est pas contentée de rester assise chez elle à broder des tapisseries au petit point. Quand s'engagea la seconde croisade, Aliénor revêtit son armure et, suivie de trois cents de ses dames de compagnie, fonça sur la cité d'Antioche, où elle mendia le droit de secourir les croisés blessés.

Stratège militaire dans l'âme, Aliénor s'opposa à l'objectif de son époux, qui consistait à se rendre à Jérusalem. (Pas comme ma propre mère, qui se dispute avec mon père chaque fois qu'il opte pour la Route 130 au lieu de l'autoroute pour gagner le rivage du Jersey à l'occasion d'une réunion de famille. Lorsque le mari d'Aliénor, comme elle l'avait prédit, n'a pas atteint son objectif, elle a aussitôt exigé que le Pape annule leur mariage, tandis que ma propre mère se contente de maugréer.)

Aliénor jouit d'une faveur considérable en Europe pour avoir lancé l'idée d'un art de l'amour courtois. À savoir, la bonne façon de faire la cour à une femme, une méthode à l'usage des chevaliers courtisant une dame. Son second mari, Henry, qui n'était pas à franchement parler fidèle, aurait été mieux inspiré de pratiquer l'art de l'amour courtois. Ça lui aurait évité que son épouse organise la conspiration de ses propres enfants contre lui. Avec, au final, une condamnation à quinze ans de prison décrétée par Henry à son encontre. Exactement comme dans l'affaire Marla Maples, sauf que la prison où Donald fit enfermer Ivana était l'hôtel Plaza. Pas de panique, toutefois. Aliénor a eu sa revanche. Elle a trucidé tous ses ennemis avant de mourir très vieille, très riche et extrêmement heureuse.

[Une des choses qui a rendu Aliénor populaire à la Cour consistait à couper une mèche de cheveux de son bien-aimé. Elle l'enfermait dans un médaillon qu'elle portait autour du cou. Preuve qu'elle était assez intime avec le propriétaire de ladite boucle pour avoir l'opportunité de la lui dérober. Par chance, de nos jours, il suffit d'utiliser un badge autocollant !]

Au hasard, le conseil de Lilly pour agir en princesse :

Imitez Aliénor et composez un sonnet dédié à l'amour de votre vie. Évitez toutefois de le lui montrer. Il risquerait de détaler comme un faon aux abois, épouvanté par l'ardeur de votre passion dévastatrice.

Elisabeth Ire

C'est à la Reine Vierge (à moins que vous n'adhériez à la version cinéma de sa biographie « vue par Cate Blanchett », où elle n'est pas virginale une seconde) que l'Angleterre doit, sans conteste, le nom de l'époque la plus splendide et la plus haute en couleur de toute son Histoire. Il est intéressant de noter que la mère de ladite Élisabeth Ire - Ann Boleyn - fut décapitée sur ordre de son époux, Henry VIII (le propre père de notre Élisabeth).

Qu'un destin si tragique l'ait amenée à devenir une reine de sa trempe reste une énigme. On aurait plutôt imaginé que la fille développerait, au minimum, une personnalité marginale aux tendances antisociales. Eh bien, non ! Notre héroïne s'est débrouillée pour ne pas tomber dans le piège de la victimologie. Elle a tout simplement grandi avec la ferme résolution de ne jamais se marier (et qui oserait l'en blâmer ?)

L'ère élisabéthaine a été marquée, non seulement par la renaissance de la musique et des arts plastiques, mais par des écrivains aussi célèbres que Sidney, Raleigh, et le Barde lui-même, William Shakespeare. Sans omettre de mentionner Sir Francis Drake, explorateur extraordinaire. L'âge d'or de l'Angleterre a pris son essor pendant la deuxième partie du règne d'Élisabeth. Sir Francis Bacon fut l'un de ses hommes de loi ; c'est à cette

époque qu'Edmund Spenser composa en son honneur l'épopée allégorique *La Reine des fées*.

Malgré les fréquentes allusions de la souveraine au fait qu'elle était prête à unir son destin à celui d'une tête couronnée européenne afin de conclure des pactes et serments d'allégeance avec l'étranger, cela ne se concrétisa jamais. D'aucuns jugeront sans doute névrotique chez une des femmes les plus puissantes cette répugnance à convoler en justes noces. En ce qui me concerne, j'estime son aversion pour le statut matrimonial parfaitement justifié, vu l'exemple désastreux donné par le couple de ses propres parents.

[Et, voici sans doute le plus fascinant de l'Histoire. L'Angleterre élisabéthaine a servi de toile de fond à l'un des événements culturels les plus marquants de notre siècle, le film *Shakespeare in Love* ! Où il est démontré que même les filles dépourvues de poitrine peuvent se trouver des chéris !!!! Qui oubliera jamais l'interprétation par Dame Judi Dench d'Élisabeth Ire, avec sa collerette empesée et son visage d'un blanc de craie (fard qui, on l'apprendra plus tard, était à base de plomb, cause des lambeaux de peau et craquelures déparant Élisabeth - pas Dame Judi Dench, bien sûr !) Sans oublier toutes les scènes où Will est torse nu. Hip, hip, hip, hourra ! pour la reine Élisabeth !]

Au hasard, le conseil de Lilly pour agir en princesse :

Comme Élisabeth Ire, écrivez et interprétez un One-Woman show consacré à votre personne et à vos amis les plus intimes. Invitez-les à la représentation. Prévoyez des rafraîchissements à distribuer dès le tomber de rideau, histoire de pallier toute rancune éventuelle.

Aura

La reine Élisabeth Ire ne fut pas la seule altesse royale née avec un complexe d'Œdipe prononcé. La princesse Aura, fille de Ming l'Impitoyable (mieux connu comme étant l'ennemi mortel de Flash Gordon), a passé le plus clair de son existence - avant l'arrivée de Flash - à errer dans son palais en tops pailletés moulants, avec l'espoir d'attirer l'attention de son père.

Mais lorsque votre père gouverne une galaxie entière, combien d'instants de qualité peut-il passer, je vous le demande, avec sa progéniture ? Spécialement s'il a, par-dessus le marché, plus de soixante épouses ?

Quand on y songe, ce qu'il est advenu par la suite est entièrement de la faute de Ming. S'il avait seulement offert à Aura l'amour inconditionnel qu'elle convoitait tant, elle ne se serait jamais rebellée contre lui. Mais Ming était si focalisé sur les moyens possibles de contrecarrer les plans de ce maudit Terrien (Flash Gordon) qu'il ne soupçonna pas la rébellion qui couvait dans sa propre maisonnée. Du moins, pas avant qu'il ne soit bien trop tard.

En effet, Aura unit ses forces à celles de Flash et de son ami le beau Baron à l'élégance pleine de panache (une figure paternelle pour elle, allez savoir ?) et prit part à l'ultime bataille qui s'acheva par la destitution de Ming, assortie, à l'occasion, d'un trépas brutal.

Aura s'avéra alors une souveraine sensée et responsable, traitant avec un égal respect tous les anciens sujets de son père - épouses comprises.

[Comme si ce n'était pas déjà trop cruel de manquer d'amour paternel, Aura est tombée folle amoureuse de Flash Gordon. Lequel, perpétuellement traqué par un Ming déterminé à le trucider, se liquéfiait d'amour pour cette froussarde de Dale Arden ! Pire encore, Ming tenta de forcer Dale à devenir sa soixante-cinquième épouse, juste histoire de titiller l'amour-propre et l'amour-tout-

court de Flash. Imaginez que votre père essaie d'épouser la petite-amie-du-type-pour-qui-vous-craquez-complètement. De quoi devenir dingue, non ? Un vrai miracle qu'Aura n'ait même pas pété un câble !]

Au hasard, le conseil de Lilly pour agir en princesse :

Comme Aura, invitez votre père (ou toute autre personne du sexe masculin qui compte dans votre vie) à déjeuner. Expliquez-lui à quel point il compte à vos yeux. Promettez-lui de rester toujours disponible pour lui. Un peu plus tard dans la journée, demandez-lui de vous prêter dix dollars. Si vous avez joué convenablement votre atout, ça devrait marcher ! Dépensez l'argent durement gagné en douceurs et maquillage.

*Isabelle Ire*

Fille de Jean II, roi de Castille, Isabelle d'Espagne n'était pas du genre à laisser un homme lui dicter sa conduite. Et surtout pas son propre frère. Ce qui était particulièrement culotté, vu qu'elle régna dans les années 1400, époque où les femmes dans le monde étaient considérées comme des biens de consommation et des citoyennes de second ordre.

Isabelle épousa qui elle voulait, c'est à dire Ferdinand du Portugal, qui devint roi d'Aragon. Elle utilisa son argent à sa guise, sponsorisant le voyage de Christophe Colomb censé se rendre en Chine. Régner sur l'Espagne nouvellement réunie n'était pas que fiestas et paellas !

Au même titre que son mari, Isabelle fut en partie responsable d'une institution historique particulièrement démoniaque, connue sous le nom d'Inquisition. Tout citoyen espagnol qui n'était pas catholique pratiquant (y compris les juifs et les musulmans)

fut, au mieux, expulsé de son pays natal ; au pire, brûlé vif sur un bûcher.

Pourtant, Isabelle avait aussi son côté doux-doux. Ayant reçu une excellente éducation, elle devint la patronne des écoliers et des artistes. Et quand Christophe Colomb ramena en Espagne quelques autochtones qu'il avait capturés dans le Nouveau Monde, Isabelle insista pour qu'ils soient renvoyés vivre libres dans leur pays d'origine. Dans son testament, elle stipula que le peuple du continent découvert par Christophe Colomb devait être traité avec équité et justice. Dommage que personne n'ait prêté attention à ce dernier vœu !

[Quand je monterai sur le trône de Genovia, il est hors de question que je lance quelque « Inquisition » que ce soit. Sauf pour bannir les gens qui portent de la vraie fourrure et dénient que les animaux aient aussi des droits.]

Au hasard, le conseil de Lilly pour agir en princesse :

Agissez comme Isabelle. Ou, en fait, non. Au contraire, inondez vos ennemies de torrents d'amour. Dites « bonjour » aux filles qui vous détestent. Quand elles se moquent de vous, souriez-leur avec une douceur teintée de pitié. Au bout d'un certain temps, elles vont bien flipper et avoir la trouille de vous… génial ! C'est imparable !

Adora

Connue sous le nom de She-Ra, Princesse du Pouvoir, Adora règne sur le monde fictif d'*Ethéria*. Comme chacun sait, elle est la sœur de He-Man, qui vit en un lieu dit *Eternia*.

Typique chez les créateurs de ce grand classique du dessin animé ! Visiblement mâles, ils ont utilisé la racine latine *eth* - comme dans « *éthérée, rêveuse et vaporeuse* » pour la planète de la protagoniste femelle, tandis que son alter ego masculin vit dans un monde qui sonne comme *éternel, éternité, éternellement*, etc.

Mais pourquoi chicaner ? She-Ra n'en demeure pas moins une héroïne très cool, qui combat pour protéger le château magique de Cristal contre ses ennemis félons. Chaque fois qu'on a besoin de ses services, la princesse brandit son épée dans les airs en criant « Pour l'honneur de Grayskull ! » Toute représentation phallique évidente mise à part, cette attitude n'en demeure pas moins digne d'éloges.

Même si on ne la présente que comme la sœur de He-Man, cette héroïne de B.D. est LA femme forte, tout à fait apte à se débrouiller dans la vie sans l'aide d'une figure parentale masculine. Toutefois, la pauvre créature a vraisemblablement souffert d'une forme aiguë de rivalité fraternelle. En effet, quel garçon préado n'envie pas l'immense popularité dont jouit He-Man ?

[Pour ce que j'en sais, ma She-Ra perso était trop petite pour sortir avec Ken et trop grande pour Han Solo. En outre, elle était la sœur de He-Man, alors avec qui était-elle censée sortir, hein ? QUI ????????]

Le conseil, parmi d'autres, de Mia :

Comme She-Ra, inventez-vous votre propre royaume magique. Avant de dormir, imaginez à quoi il ressemble et qui y vit. Assurez-vous qu'au nombre de ses résidents il se trouve un garçon beau à mourir qui vous ADORE et ne vit que pour combler vos moindres désirs. Chaque fois que vous n'avez pas trop la pêche, faites comme si ce type génial était assis à côté de vous, à répéter combien il vous trouve unique, irremplaçable, merveilleuse, hallucinante, etc.

P.S. Si un garçon en chair et en os vous demande de sortir avec lui, ne refusez pas sous prétexte qu'il n'est pas aussi « génial » que votre chéri imaginaire. Ce serait trop nul !

Jeudi 10 septembre, à la maison

Devinez où je vais dormir pendant que maman et Mr. G seront à Versailles ? Eh oui ! Gagné ! Au Plaza.

AVEC GRAND-MÈRE.

Heureusement, j'ai réussi à obtenir MA chambre. De toute façon, il était HORS DE QUESTION que je dorme dans la même pièce qu'elle. Pas après ce que j'ai subi quand elle est venue habiter à la maison. Impossible de fermer l'œil de la nuit tellement elle ronfle fort. Et je vous rappelle que je dormais dans le salon.

Quant à l'occupation de la salle de bains, autant renoncer à y faire un brin de toilette : Grand-Mère s'y enferme tous les matins pendant des heures.

Pour en revenir à cette histoire de week-end, je m'en doutais, en fait, que maman et Mr. G ne me laisseraient pas seule à la maison. Même si toute la Garde nationale de Genovia s'était trouvée sur le toit de l'immeuble, prête à intervenir en cas d'attaque de preneurs d'otage. Pas après ce qui s'est passé pendant la fête de mon anniversaire.

Mais je m'en fiche. Maintenant que je suis responsable de la prochaine expulsion de l'Europe du pays qu'un jour je gouvernerai, ce genre de chose ne peut m'atteindre.

À vrai dire, je ne pensais pas pouvoir être plus stressée que je ne l'étais déjà, considérant que :

— après trois jours seulement de géométrie, c'est évident que je n'aurai pas la moyenne ;

— ma meilleure amie m'oblige à me présenter aux élections pour la présidence du comité des délégués de classe face à la fille la plus populaire du lycée, laquelle va m'écraser telle une vulgaire punaise lundi, au cours du débat, et devant tout le monde, par-dessus le marché ;

— ma prof d'anglais – dire que je me faisais une joie de l'avoir et que j'étais persuadée qu'elle m'aiderait à devenir l'écrivain que je sais pouvoir être un jour – semble penser que ma prose ne vaut rien. Enfin, c'est plus ou moins ce qu'elle m'a laissée entendre ;

— mon petit ami s'attend apparemment à ce qu'on LE fasse ;

— je suis une mère poule.

Et pour couronner le tout, j'ai relâché dix mille limaces d'Amérique du Sud dans la baie de Genovia dans l'espoir qu'elles mangeraient l'algue géante qui détruit actuellement notre délicat écosystème, et je viens d'apprendre que mes limaces n'appréciaient pas du tout la nourriture européenne, et que les pays voisins de Genovia ne voulaient plus rien avoir affaire avec nous !

Pourquoi faut-il que tout ce que j'entreprenne rate ???

Qui sait si Becca n'a pas raison. Je devrais peut-être me mettre au yoga. Sauf que la seule fois où j'ai suivi un cours avec Lilly et sa mère, sur la 92e Rue, la prof nous a demandé de pointer les fesses en l'air pendant toute l'heure. Depuis quand le fait de pointer ses fesses en l'air calme le stress ? Ça ne m'a pas calmée du tout, moi. Au contraire. J'étais encore plus stressée tellement je me demandais ce que les gens pensaient de mes fesses.

D'habitude, quand je suis dans cet état de nervosité, j'écris un poème. Ça me détend.

Mais maintenant, ce n'est plus possible, surtout en ce moment où Mrs. Martinez doit être penchée sur le texte que je lui ai donné et dans lequel j'ai mis tout mon cœur. J'espère qu'elle a conscience de tenir entre les mains mon rêve de devenir un jour écrivain – ou du moins, journaliste internationale.

Je sais bien qu'il est peu probable que j'écrive, une fois sur le trône. Je serai bien trop occupée à supplier l'Union européenne de nous reprendre. Mais j'aurais bien aimé voir un livre, ou un article dans un magazine, signé de mon nom.

Il faut que je vérifie que ma mère est bien au courant de toutes les précautions à prendre avant de s'envoler. Je vous rappelle que Rocky n'aura même pas de siège. Ma mère le gardera sur les genoux pendant tout le vol. J'espère, au cas où leur avion se crashe, qu'elle est prête à se servir de son corps comme d'un bouclier humain pour empêcher que Rocky ne soit la proie des flammes.

Il faut aussi que je dise à Mr. G de bien compter le nombre de rangées entre son siège et la sortie de secours la plus proche, parce que s'ils devaient se poser par malheur sur l'eau et que l'avion coule, il pourrait toujours conduire ma mère et Rocky à l'extérieur.

Jeudi 10 septembre, à la maison, plus tard

Ouah ! Qu'est-ce qu'ils peuvent être susceptibles ! Franchement, je ne comprends pas pourquoi ils se sont mis dans cet état. C'est important de connaître les mesures de sécurité quand on prend l'avion. C'est bien pour ça que les compagnies aériennes font imprimer tous ces documents qu'on trouve au dos des sièges. Heureusement que j'en fais collection depuis des années. Ça a permis à mes explications d'être plus visuelles.

Vraiment, on aurait pu penser que les gens apprécieraient plus ce genre d'attention. Mais non...

Oh, oh ! Quelqu'un m'envoie un mail !

C'est Michael !

SkinnerBx : Hé ! Mais tu es chez toi ! Je t'ai vue sur New York One.

FtLouie : Tu m'as vue ??? J'aurais préféré que non.

SkinnerBx : Attends, tu étais superbe. Mais dis-moi, c'est vrai cette histoire avec l'Union européenne ?

FtLouie : Apparemment. Mon père dit que ça va s'arranger. Du moins, il l'espère.

SkinnerBx : Ils devraient avoir honte. Ne comprennent-ils pas que tu essayais de corriger LEUR erreur ?

FtLouie : Oui. Tu as passé une bonne journée ?

SkinnerBx : Super ! Aujourd'hui, pendant mon séminaire sur la responsabilité politique en situation d'incertitude, on a parlé de la façon dont l'imagerie satellite a montré que le parc national de Yellowstone est en fait un énorme chaudron ou un super-volcan, c'est-à-dire un réservoir souterrain de magma qui a explosé tous les 600 000 ans et qui a 40 000 ans de retard. Résultat, quand il explosera, la cendre volcanique due à l'éruption atteindra l'Iowa, et l'explosion sera 2 500 fois plus forte que celle du mont Saint-Helens, tuant des dizaines de milliers de gens sur le coup, puis des milliers au cours de l'hiver nucléaire qui suivra. À moins, bien sûr, qu'on trouve un moyen d'évacuer un peu de pression, ce qui empêcherait une catastrophe à l'échelle planétaire.

OK. J'AI UNE QUESTION À POSER : *dans quel genre d'université va Michael???*

SkinnerBx : Au fait, ta mère et Mr. G partent toujours ce week-end?

FtLouie : Oui, et tu sais quoi? Je dois rester avec ma grand-mère.

SkinnerBx : Dur. Tu auras ta chambre?

FtLouie : BIEN SÛR! Mais au même étage. J'espère que je ne l'entendrai pas ronfler à travers les murs.

SkinnerBx : Est-ce que ton père fait surveiller le couloir par ses gardes du corps ou est-ce qu'ils dorment dans les chambres voisines?

Michael pose parfois de drôles de questions. Les garçons sont bizarres.

FtLouie : Lars et ses collègues dorment à l'étage en dessous.

SkinnerBx : Il y a des caméras de surveillance?

Mais qu'est-ce que les Moscovitz ont avec les caméras de surveillance? Ils sont paranos, ma parole!

FtLouie : Non, il n'y a pas de caméras de surveillance. Enfin, je suppose que l'hôtel a les siennes.

Comme dans *Coup de foudre à Manhattan*. Mais pas la GRG.

(GRG est l'abréviation de Garde royale de Genovia, à laquelle appartient Lars.)

FtLouie : Mais pourquoi toutes ces questions ? Tu as l'intention de voler les bijoux de la couronne ? N'oublie pas que tu as déjà un morceau de la lune. Tu veux plus ? Ha, ha !

SkinnerBx : Ha, ha ! Non, je me demandais, c'est tout. Bref, tu viens toujours samedi ?

FtLouie : C'est la seule chose qui me fasse plaisir DANS MA VIE EN CE MOMENT.

SkinnerBx : Je sais. Tu me manques, aussi.

Ahhhhhhhhhhhhhhhhhhhhh ! Et je pèse mes mots. Ce n'est peut-être pas très féministe de ma part, mais j'adore quand Michael me dit ou m'écrit des trucs comme ça. Par écrit, c'est mieux, parce que j'ai ensuite la preuve qu'il m'aime.

Oh, oh… Je reconnais un certain bruit...

FtLouie : Michael, excuse-moi, il faut que je te laisse. La patrouille Rocky doit intervenir.

SkinnerBx : OK. À plus.

Vous savez quoi ? Je pense que Lana se trompe. Tous les garçons à l'université ne s'attendent pas à LE faire avec leur petite amie. Sinon Michael m'en aurait parlé. Et il n'y a JAMAIS fait allusion.

Par ailleurs, un jour qu'il avait laissé son portefeuille sur la table, après avoir payé nos deux pizzas, j'ai regardé à l'intérieur – Michael était allé aux toilettes –, histoire de voir ce que les garçons mettent dans leur portefeuille. Eh bien, voilà ce que j'ai trouvé :

* Quarante-huit dollars
* Sa carte de métro
* Sa carte de membre du Planétarium de Hayden
* Sa carte d'étudiant
* Son permis
* Une carte de réduction de chez Planet Cosmic
* Sa carte de bibliothèque

Et c'est tout. Pas de préservatif.

Ce qui prouve que mon petit ami ne pense pas qu'à ça. Il est plus préoccupé par la prochaine crise de l'énergie. Ou par les éventuelles catastrophes planétaires dues aux super-volcans.

Lilly ne peut pas en dire autant concernant Boris.

Pardon, je voulais dire Tina.

Finalement, peut-être qu'on n'aura JAMAIS cette fameuse conversation, Michael et moi ????

Vendredi 11 septembre, en gym

Je la déteste.

Vendredi 11 septembre, en géométrie

Franchement, la plaisanterie a assez duré.

Théorème = affirmation qui a été prouvée par déduction à partir d'affirmations déjà prouvées.

Je suis sûre qu'elle a dit ça pour me taper sur les nerfs.

Ça ne peut pas être possible autrement. Franchement.

Si, ça pourrait être possible !

Vendredi 11 septembre, en anglais

C'était quoi, ça ?

Tu parles de son espèce de petite balle en mousse sur laquelle elle a fait écrire *Votez pour Lana ?* Je la hais. Tu sais ce qu'elle m'a dit tout à l'heure en gym ? ET DEVANT LILLY, EN PLUS ?????

Qu'est-ce qu'elle t'a dit ?

Que les garçons à l'université qui sortaient avec des filles qui refusent de LE faire les plaquaient pour des filles qui acceptaient.

Je ne te crois pas.

Je te le jure. Sous la douche. Devant tout le monde. Donc devant Lilly. Qui va le répéter à Michael maintenant.

Mais non ! Elle ne lui en parlera pas. Pourquoi le feraitelle, d'ailleurs.

Parce que c'est son frère.

Je suis sûre qu'elle n'en fera rien. Il y a des choses qu'on ne raconte pas à son frère. Crois-moi, Mia, j'ai un frère, je sais de quoi je parle.

Tina, ton frère a six ans.

C'est vrai, mais je t'assure que Lilly n'en parlera pas à Michael. Mais qu'est-ce qu'elle a dit à Lana quand elle l'a entendue te sortir ça ?

Elle lui a dit de ravaler ses paroles, sinon elle aurait affaire à elle.

Tu vois ! Je te l'avais dit.

Sauf que tu ne sais pas tout ! Elle a dit autre chose. Je parle de Lana. Elle a dit que les garçons DEVAIENT le faire, sinon elles remontaient et ils devenaient fous.

Attends… qu'est-ce qui remonte ?

Tu sais bien… Repense aux cours de SVT de l'an dernier.

Quoi ?????????????????????? Ce n'est pas possible, sinon Mr. Wheeton nous l'aurait dit.

En même temps, ça explique pourquoi les garçons qui sortent avec des filles qui refusent de le faire les plaquent pour des filles qui acceptent. Tina, et si c'est vrai ??? Et si Lana savait des choses qu'on ne sait pas.

Il n'y a qu'un seul moyen de le savoir. As-tu parlé à Michael ?

Pas encore, je t'ai déjà dit !!!!!

Eh bien, quand tu le verras demain, tu lui parleras et tu te rendras compte que…

Dites-moi que je rêve ! Vous l'avez vue en train de distribuer ces espèces de ridicules balles ???? Elle a dû dépenser une fortune pour les faire faire. De la camelote ! Il suffit de gratter pour que le *Votez pour Lana* s'efface. À tous les coups, c'est de la peinture à base de carbonate de plomb. Mais ne t'inquiète pas, Mia. J'ai téléphoné à ta grand-mère. On contrôle la situation et on va te trouver à toi aussi quelque chose à distribuer.

LILLY !!!! JE NE VEUX RIEN DISTRIBUER DU TOUT !!!! JE NE VEUX MÊME PAS ÊTRE PRÉSIDENTE !!!!

Ne t'inquiète pas pour ça. Ça n'arrivera pas.

TU N'ARRÊTES PAS DE DIRE ÇA, LILLY, ET TOUS LES JOURS, JE DÉCOUVRE QUE TU VIENS DE FAIRE AUTRE CHOSE POUR QUE JE REMPORTE LES ÉLECTIONS, COMME APPELER MA GRAND-MÈRE ET LUI DEMANDER CE QUE JE POURRAIS OFFRIR AUX ÉLÈVES DU LYCÉE POUR QU'ILS VOTENT POUR MOI !!!!!!

Ah bon ???? Tu pourrais dans ce cas lui demander des diadèmes ? J'adorerais en avoir un !

On ne peut pas donner des diadèmes, Tina. Ce n'est pas dans notre budget. Il faudrait qu'on trouve quelque chose dans le genre de ce que distribue Lana.

EST-CE QUE TU VEUX BIEN M'ÉCOUTER, LILLY ????? JE N'EN PEUX PLUS !!!! CETTE HISTOIRE DE FOU DOIT CESSER !!!!!!!

Du calme, PEG. Tout va bien se passer. Mon frère ne va pas te larguer parce que tu ne veux pas le faire avec lui. Du moins, s'il ne veut pas voir mourir son imbécile de chien.

!

De toute façon, c'est bien connu que Lana raconte n'importe quoi. Et puis, tu sais que ce n'est pas le genre de mon frère.

Mais il est à l'université, Lilly ! Il a changé. Chaque fois que je lui parle, il me raconte un truc atroce qu'il a appris. Et qu'est-ce que tu fais des filles qui sont en cours avec lui ?

Hé, Mia, tu parles des étudiants qui représentent l'élite de la nation. Ils ne pensent pas à coucher dans ce genre d'université, fais-moi confiance. Est-ce que tu les as bien regardées, ces filles, le jour où on a aidé Michael à emménager ?

C'est vrai, Mia. Tu es mille fois plus jolie que les étudiantes de Columbia. Rappelle-toi le groupe d'étude de Elle dans *La revanche d'une blonde*.

Est-ce que vous pouvez vous concentrer sur des sujets un peu plus importants, SVP, comme trouver un objet pour rivaliser avec celui de Lana ?

Oh, mon Dieu. Mrs. Martinez m'a rendu mon expression écrite. J'ai...

C'est quoi tous ces petits traits au stylo rouge ? Oh, Mia, je suis désolée. Mia ? MIA ?

Vendredi 11 septembre, à l'infirmerie

Je suis couchée, avec une serviette froide sur le front. Bien que ce ne soit pas évident d'écrire AVEC une serviette froide sur le front, je le fais quand même.

L'infirmière m'a dit de ne pas bouger et d'arrêter de gamberger. Ha ! À qui pense-t-elle s'adresser ? Je suis Mia Thermopolis ! Je ne peux pas m'empêcher de penser et de gamberger. Penser et gamberger, c'est tout ce que je sais faire.

Heureusement, elle ne peut pas me voir : elle est allée dans son bureau pour remplir quelques formulaires. Pourvu que ce soit des formulaires me concernant. Avec un peu de chance, l'infirmière est en train de demander mon admission dans un hôpital psychiatrique et je n'aurai pas à affronter Lana lundi !

Mais l'infirmière m'a assurée que je n'étais pas folle. Elle dit que ça arrive à tout le monde d'être à bout et de disjoncter, et que quand je suis sortie du cours d'anglais avec mon deuxième B en expression écrite, et que j'ai vu Grand-Mère, son diadème sur la tête et sa cape d'hermine sur le dos, occupée à distribuer des stylos sur lesquels on pouvait lire *Propriété du palais royal de Genovia*, j'ai disjoncté.

L'infirmière dit aussi que ce n'est pas ma faute si j'ai attrapé la boîte de stylos des mains de Grand-Mère et que je l'ai lancée contre la caméra de surveillance au-dessus de la porte du bureau de la principale.

La caméra n'est même pas cassée. Mais il y a des stylos partout.

Et la caméra marche toujours.

Je ne comprends pas pourquoi ils ont appelé ma mère et mon père.

L'infirmière m'a demandé d'attendre tranquillement leur arrivée. Elle a refusé à Grand-Mère de venir me voir. C'est moi qui l'en ai prié. Je sais bien que Grand-Mère n'y est pour rien, et qu'elle a agi de la sorte en pensant m'aider. Mais je n'ai pas envie de la voir, c'est tout.

Lilly a dû l'appeler et lui parler des petites balles en mousse de Lana. Du coup, Grand-Mère s'est sentie obligée de rappliquer avec quelque chose que *je* pourrais distribuer à mes électeurs.

Car qui ne voudrait pas d'un stylo sur lequel est écrit *Propriété du palais royal de Genovia* ?

Vous savez quoi ? Toute cette histoire n'est la faute de personne. Sauf la mienne. Je n'aurais jamais dû rendre cette deuxième expression écrite à Mrs. Martinez. À QUOI JE PENSAIS ? Comment ai-je pu croire UN INSTANT qu'elle apprécierait ma comparaison entre l'amour défendu de Roméo et Juliette et celui de Britney Spears et Jason Allen Alexander. J'ai mis tout mon CŒUR et toute mon ÂME dans mon devoir. Je voulais que le lecteur – en l'occurrence la lectrice – ressente à quel point Britney a souffert quand Jason et elle ont dû se séparer à cause des médias, de son manager et de sa maison de disques, et qu'elle a été obligée de se remettre avec Kevin. C'est tellement évident pour moi que ces deux cœurs d'enfant étaient faits l'un pour l'autre…

J'aurais dû me douter que Mrs. Martinez n'en a rien à faire de Britney. Je parie qu'elle n'a jamais écouté *Toxic*.

Oh, oh !

Quelqu'un arrive !!!! Vite, ma serviette froide ! Il faut que je la remette sur mon front !!!!!

Vendredi 11 septembre, à l'infirmerie, plus tard

C'était juste mon père. Quand je lui ai demandé comment il avait fait pour venir aussi vite, il m'a répondu que l'infirmière l'avait appelé alors qu'il était en chemin pour l'ambassade de France afin de discuter de cette histoire d'expulsion de l'Union européenne.

Ce qui m'a encore plus abattue. Puisque c'est à cause de moi et de mes limaces que mon peuple se retrouve dans ce pétrin.

Mon père m'a encore assuré que tout ça s'arrangerait, et quand je me suis excusée de l'avoir dérangé dans son travail, il m'a tapoté la main en disant que cela arrivait à tout le monde de craquer et d'avoir une « crise de larmes ». Je lui ai demandé si c'était là le diagnostic de l'infirmière et il m'a répondu que non, pas tout à fait, mais qu'il avait vu beaucoup de gens craquer et avoir une crise de larmes.

C'est très gênant de pleurer comme un gros bébé devant ses camarades puis devant son père, surtout quand il n'y a plus de Kleenex. Je les ai tous utilisés. Résultat, mon père m'a passé son mouchoir en soie et je me suis mouchée dedans. Cela dit, je n'ai pas l'impression que cela l'embêtait. Il le jettera probablement et s'en achètera un nouveau, comme Britney avec ses sous-vêtements. C'est bien d'être prince. Ou pop star.

Bref, mon père se faisait du souci pour moi et n'arrêtait pas de me demander ce qui n'allait pas. *Ce qui ne va pas, papa ?* Tu veux dire à part *tout* ?

Bien sûr, je ne lui ai parlé que de l'histoire avec Mrs. Martinez. Parce que si je lui avais raconté que j'avais peur à cause du débat de lundi, il n'aurait pas compris et m'aurait répondu : « Ne te sous-estime pas comme ça, Mia. Je suis sûr que tu vas t'en sortir. »

Et évidemment, je ne pouvais pas non plus lui parler de cette histoire avec Michael. J'adore mon père et je ne tiens pas à ce qu'il ait une attaque.

Au début, il ne m'a pas crue. Il n'a tout simplement pas cru que sa fille pouvait avoir eu B à une expression écrite. Ce qui fait que j'ai dû lui montrer mon devoir.

Il a plissé les yeux en le lisant – mais peut-être tout simplement parce qu'il avait laissé ses lunettes de lecture dans la limousine – et s'est raclé la gorge plusieurs fois de suite.

Puis il a dit quelque chose comme quoi il lui arrivait de payer une fortune pour ce genre de texte, et quel était ce monde où l'on osait briser le rêve d'une petite fille et que si Mrs. Martinez pensait s'en tirer à bon compte, elle se trompait, etc.

Je dois dire que ça m'a un peu changé les idées de le voir arpenter la pièce en s'emportant de plus en plus. Mais au bout d'un moment, l'infirmière est revenue et l'a prié de me laisser me reposer.

Alors qu'elle le raccompagnait à la porte, ma mère est arrivée, dans tous ses états, avec Rocky dans le porte-bébé. Je me suis redressée dans mon lit et j'ai enfoui mon nez dans la tête de mon frère, parce que sa tête sent presque aussi bon que le cou de Michael, mais d'une manière différente, bien sûr. L'odeur de Rocky ne peut pas, par exemple, apaiser mon âme torturée comme l'odeur du cou de Michael.

Bref, alors que je respirais la tête de mon frère, ma mère a dit : « Mia, c'est vraiment le pire moment pour faire une dépression nerveuse. L'avion pour l'Indiana part dans deux heures. »

J'ai vite rassuré ma mère en lui expliquant que ce n'était pas une dépression nerveuse, mais juste une crise de larmes. Sauf que je ne lui ai pas dit ce qui l'avait provoquée. À savoir ce que Lana m'avait raconté sur les garçons à l'université, et le fait que Mrs. Martinez ait détruit mon rêve de devenir écrivain. À la place, je lui ai raconté que je subissais sans doute encore les effets du décalage horaire.

« Cela n'a rien à voir avec le décalage horaire, a corrigé ma mère. C'est du Clarisse Renaldo tout craché. »

J'admets que je n'aurais jamais osé affirmer cela à voix haute. Du moins à ma mère, qui a déjà suffisamment de raisons de ne pas apprécier Grand-Mère.

Mais c'est VRAI aussi que voir Grand-Mère distribuer des stylos dans le couloir du bahut a été la goutte d'eau qui a fait déborder le vase.

« Elle voulait bien faire, ai-je suggéré tout doucement.

— Tu crois vraiment ? », a répondu ma mère, plus que dubitative.

J'ai alors expliqué à ma mère que Grand-Mère n'avait agi que pour le bien de la Couronne. Après tout, si ces élections faisaient que la presse ne s'intéresse pas au fait que Genovia risque d'être expulsé de l'Europe, ça valait le coup.

Enfin, plus ou moins.

Mais ma mère ne m'a pas donné l'impression d'adhérer à mon point de vue.

« Mia, a-t-elle déclaré, si tu ne veux plus être impliquée dans ces élections, dis-le-moi, et tu ne le seras plus. »

Ma mère peut être assez virulente quand elle le veut, même avec un bébé aussi adorable que Rocky dans les bras. Si je devais choisir entre l'affronter au cours d'un débat ou affronter Lana, je choisirais Lana. Je ne plaisante pas.

« Non, maman, ça va aller, ai-je répondu. Je te le promets. Alors, tu vas profiter de ton passage à Versailles pour voir Donald ? », ai-je ajouté.

Mais ma mère était trop occupée à dégager le pied de Rocky des fils du porte-bébé tibétain pour faire attention à mes paroles.

« De qui parles-tu ? m'a-t-elle demandé.

— De Donald Jenkins ? » ai-je répondu.

Quoi ? Elle ne se rappelait même pas le nom de l'homme à qui elle avait offert la fleur de sa virginité !

« Il vit toujours là-bas, avec April. Il travaille pour la compagnie d'électricité de Versailles. Et est-ce que tu sais qu'April a été élue Miss Maïs ?

— C'est vrai ? a fait ma mère, l'air amusé. Mais comment sais-tu tout cela, Mia ?

— Grâce à Yahoo et au site *Perdu de vue*, ai-je répondu. Si tu croises April, n'oublie pas de lui dire que tu es la mère de la princesse de Genovia. C'est mieux que d'être Miss Maïs, même si on est sur le point d'être chassés de l'Europe.

— Je n'y manquerai pas, m'a promis ma mère. Donc, tu es sûre que tout va bien se passer ? Parce que si tu ne veux pas que j'aille à Versailles, je n'irai pas. »

Je l'ai rassurée encore une fois. Je finissais à peine ma phrase que l'infirmière est revenue, et à son tour, elle a assuré à ma mère qu'il n'y avait rien de grave. Puis, après avoir laissé l'infirmière câliner Rocky – parce que c'est le bébé le plus mignon qui existe au monde, et que tous les gens qui le voient ne peuvent pas s'empêcher de le prendre dans leurs bras –, ma mère est partie et je me suis retrouvée seule avec l'infirmière.

De la voir là, en face de moi, m'a rappelé que j'avais besoin de savoir quelque chose. Et l'infirmière n'était-elle pas la mieux placée pour me répondre ? Après tout, elle faisait partie du corps médical !

« Madame Lloyd, ai-je dit tout en écartant le thermomètre qu'elle venait de me fourrer dans la bouche, histoire de vérifier que j'allais bien et que je pouvais retourner en classe.

— Oui, Mia ? a-t-elle répondu en prenant mon pouls.

— C'est vrai que si les garçons ne le font pas à la fac, elles remontent ? »

L'infirmière a failli s'étrangler de rire.

« C'est ça, les bruits qui courent en ce moment ? Mia, comment peux-tu me poser une question pareille ? N'avez-vous pas étudié le corps humain, l'an dernier, en SVT ?

— Alors… ce n'est pas vrai ? me suis-je étonnée.

— Bien sûr que non ! s'est-elle exclamée avant de lâcher mon poignet et de retirer le thermomètre de ma bouche. Et ne laisse personne te persuader du contraire. Autre chose : les préservatifs qui sont restés pendant longtemps dans les portefeuilles doivent être jetés et remplacés. Le frottement du cuir sur la pochette peut provoquer de minuscules trous dans le latex. »

Je l'ai regardée, baba. COMMENT ÉTAIT-ELLE AU COURANT DE ÇA ?

L'infirmière a baissé les yeux sur le thermomètre.

« Je fais ce travail depuis un moment, a-t-elle déclaré comme si elle avait entendu ma question. Bon, 37,2°, a-t-elle ajouté. Tu n'as pas de fièvre. Tu peux retourner en cours. Mais avant de te faire un mot pour tes professeurs, Mia, je voudrais te dire une chose. » Elle a marqué une pause avant de poursuivre : « Tu dois arrêter de garder toutes ces choses en toi comme tu le fais. Je sais que tu tiens un journal, je t'ai souvent vue en train d'écrire. C'est très bien. Mais il faut que tu VERBALISES tes sentiments. Surtout si tu en veux à quelqu'un. Plus tu gardes tes sentiments en toi, plus il risque de t'arriver ce qu'il t'est arrivé aujourd'hui. D'accord, les princesses doivent se contrôler et rester impassibles, mais s'il y a bien quelqu'un qui ne doit pas laisser les choses remonter en elle, c'est toi. Tu comprends ? »

J'ai hoché la tête. L'infirmière du lycée Albert-Einstein est la personne la plus intelligente que j'ai jamais rencontrée. Et dans les personnes que j'ai rencontrées, j'inclus certains génies avec qui je suis amie ou avec qui je sors.

Note pour moi : Dire à Tina de dire à Boris d'acheter un nouveau préservatif avant qu'ils le fassent le soir de la fête pour la remise des diplômes.

Vendredi 11 septembre, sur le palier du troisième étage

Quand je suis sortie de l'infirmerie, j'ai trouvé Lilly, assise sur les marches, qui m'attendait. Elle tenait trois avertissements dans les mains que les surveillants, qui l'avaient croisée là, lui avaient donnés. Mais elle m'a dit qu'elle s'en fichait : elle avait besoin de savoir si j'allais bien. Elle avait besoin de me voir.

Me rappelant les paroles de l'infirmière, comme quoi je ne dois pas garder les choses en moi, je lui ai répondu que moi aussi, j'avais besoin de la voir.

Du coup, on est montées jusqu'au palier du troisième étage (où je suis toujours en ce moment), parce que c'est le seul endroit du lycée où on est sûr d'être tranquilles, sauf si quelqu'un doit se rendre sur le toit. Ce qui arrive seulement lorsque les enfants de l'immeuble d'à côté font tomber leur Pikachu sur le toit du bahut, et que le concierge grimpe pour aller le rechercher.

Pour en revenir à nos moutons, je me suis montrée un peu froide envers Lilly au début. Hé ho ! Faudrait pas oublier qu'elle est en partie responsable de ma crise de nerfs. Des stylos du palais ??????

« Mais les gens adorent ça, a-t-elle déclaré en guise d'excuse. Je te promets, Mia. C'est un souvenir, pour eux. Tu sais, tout le monde ne passe pas ses vacances dans un palais.

— Là n'est pas la question », ai-je rétorqué.

Je n'arrive pas à croire que Lilly, aussi intelligente soit-elle, ait besoin qu'on lui explique ce genre de chose. « La question est que tu m'as promis que je n'aurais pas à faire ça. »

Lilly a plissé les yeux.

« Moi ? Je t'ai dit ça ?

— LILLY ! ai-je hurlé. Tu m'as juré que je ne serai pas élue.

— C'est vrai, a-t-elle concédé, et tu ne le seras pas.

— Et tu m'as promis aussi que Lana ne me ferait pas subir de défaite humiliante devant tout le monde ! ai-je poursuivi.

— C'est vrai aussi, a encore concédé Lilly, et elle ne le fera pas.

— LILLY ! ai-je crié avec l'impression que ma tête allait exploser. Si Lana ne me bat pas, ça veut dire que je SERAI élue !

— Non, tu ne le seras pas, a-t-elle rétorqué. C'est moi qui le serai. »

Ça a été à mon tour de plisser les yeux.

« QUOI ? ai-je fait. Ce n'est pas possible.

— Si, a répondu Lilly calmement. Voilà ce qui va se passer : tu vas être élue, parce que tu es princesse, que tu es gentille avec tout le monde et que les gens t'aiment bien. Puis, après un laps de temps raisonnable, disons deux ou trois jours, tu annonceras qu'à ton grand regret, tu es obligée de démissionner à cause de tes nombreuses obligations de princesse. Et comme tu m'auras au préalable nommée vice-présidente, je me retrouverai présidente. C'est aussi simple que cela. »

J'ai regardé Lilly fixement. Je n'en revenais pas.

« Une minute, ai-je-dit. Tu manigances tout ça pour finir par être la présidente du comité des délégués de classe ? »

Lilly a hoché la tête.

« Mais Lilly… pourquoi ne t'es-tu pas présentée, dans ce cas ? » ai-je demandé.

C'est alors qu'il s'est passé un truc incroyable. Les yeux de Lilly, derrière ses lentilles de contact, se sont emplis de larmes. Et cinq secondes plus tard, elle pleurait à gros sanglots.

« Parce que c'est la seule façon pour moi de l'être, a-t-elle expliqué en pleurant. Tu ne te souviens pas de ma défaite, l'an dernier. Personne ne m'aime, Mia. Tu es peut-être une mère poule et tout ça, mais les gens t'apprécient, même avec cette histoire de princesse. Tandis que PERSONNE ne m'apprécie… Peut-être parce que je suis un génie ou que je fais peur. Je ne sais pas. On pourrait croire que les gens aimeraient être représentés par quelqu'un d'intelligent, mais non. Ils préfèrent élire des CRÉTINS. »

Je me suis efforcée de ne pas prendre pour moi le terme de crétin – après tout, Lilly était en pleine crise de larmes –, et j'ai répondu : « Lilly, je ne savais pas que tu pensais ça. Sur toi, je veux dire, et que tu souffrais de ne pas être populaire. »

Lilly s'est essuyé les yeux avec les avertissements qu'elle tenait à la main.

« Comment veux-tu que je pense le contraire ? a-t-elle dit. Tu es la seule amie que j'ai jamais eue.

— Ce n'est pas vrai ! me suis exclamée. Tu es très entourée, même ! Que fais-tu de Shameeka, de Ling Su, de Tina... »

En entendant le nom de Tina, Lilly a pleuré de plus belle. Zut ! J'avais oublié Boris et à quel point il avait physiquement changé.

« Pardon, Lilly, me suis-je empressée de dire en lui tapotant l'épaule. Mais je crois que tu te trompes. Les gens t'apprécient. C'est juste que parfois tu... »

Elle a levé vers moi son visage baigné de larmes.

« Je... ? a-t-elle demandé.

— Eh bien, ai-je commencé. Parfois, tu es un peu dure avec les autres. Comme avec moi. Quand tu me traites, par exemple, de mère poule.

— Mais tu es une mère poule ! s'est défendue Lilly.

— Oui, mais tu n'es pas obligée de me le rappeler tout le temps », ai-je rétorqué.

Lilly a reposé sa tête sur ses genoux.

« C'est vrai, a-t-elle murmuré avec un soupir. Tu as raison. Je suis désolée. »

Puisqu'elle semblait d'humeur à reconnaître ses torts, j'en ai profité pour ajouter : « Je n'aime pas non plus quand tu m'appelles PDG ou PEG. »

Lilly m'a regardée d'un air interdit.

« Comment dois-je t'appeler, alors ? m'a-t-elle demandé.

— Pourquoi pas Mia, tout simplement. »

Elle a paru réfléchir un instant puis a déclaré :

« Ce n'est pas très... drôle.

— Peut-être, mais c'est mon nom », ai-je répondu.

Lilly a poussé de nouveau un soupir.

« D'accord, a-t-elle concédé. Tu ne peux pas imaginer comme tu as la belle vie, PDG. Pardon, je veux dire, Mia.

— La belle vie ? MOI ? me suis-je exclamée. Tu plaisantes ! Je n'ai que des problèmes en ce moment ! Est-ce que tu as vu l'appréciation que Mrs. Martinez m'a mise ? »

Lilly s'est essuyé les yeux.

« Oui, oui, c'est vrai, a-t-elle reconnu. Elle a été un peu dure avec toi. Mais ce n'est pas si terrible que ça d'avoir B, Mia. Par ailleurs, j'ai vu ton père tout à l'heure qui se dirigeait vers sa classe. Il avait l'air assez furibard.

— Peut-être, mais qu'est-ce que ça va m'apporter ? ai-je dit. Ce n'est pas une intervention de mon père qui va la faire changer d'avis sur mes talents en écriture… ou plutôt sur mon absence de talent. Elle aura peur de mon père, un point c'est tout. »

Lilly a secoué la tête.

« C'est vrai, a-t-elle à nouveau concédé. Mais tu as un petit ami !

— Qui est à la fac, lui ai-je rappelé. Et qui apparemment s'attend à...

— Arrête avec ça, s'il te plaît, m'a-t-elle coupée. Quand vas-tu entrer dans ta petite tête que Lana ne sait pas de quoi elle parle ? Est-ce qu'elle sort avec un garçon qui est à la fac, d'abord ?

— Non, ai-je répondu. Mais...

— Eh bien, il y a une raison à ça, a-t-elle déclaré. Et si ce qui est écrit dans les toilettes du bahut est vrai, ce n'est pas parce que Lana refuse de le faire ! »

On est restées silencieuses pendant un petit moment. Puis Lilly a dit :

« Ta mère et Mr. G partent toujours en Indiana ?

— Oui, mais il n'y aura pas de fête chez moi. Je vais au Plaza.

— Tu auras ta chambre ? » m'a-t-elle aussitôt demandé.

Quand elle m'a vue hocher la tête, elle a ajouté :

« Génial. On pourrait organiser une pyjama-partie.

— À *l'hôtel* ? ai-je fait.

— Oui. Pourquoi pas ? a répondu Lilly. Ce serait drôle. Et on pourrait en profiter pour travailler tes talents d'oratrice. Ce serait pas mal si tu répétais avant. Qu'en penses-tu ?

— Oui, effectivement », ai-je répondu.

Cela dit, ça m'étonnerait que mon père et Grand-Mère apprécient que j'organise une pyjama-partie à l'hôtel.

Mais si ça peut rendre Lilly heureuse, pourquoi pas ? Jamais je ne me serais doutée qu'elle pense ça d'elle. Je veux dire qu'elle ne soit pas populaire. Bien sûr, *je* sais qu'elle ne l'est pas. Mais je ne savais pas qu'elle le savait. Elle se comporte toujours comme si elle était la reine du lycée.

Qui aurait pu deviner que ce n'était qu'une façade ?

On est assises sur les marches toutes les deux, en ce moment, en attendant que la cloche sonne. On a raté l'étude surveillée, mais comme j'ai mon mot de l'infirmière, Mrs. Hill ne pourra pas me noter absente.

En revanche, je ne sais pas comment Lilly va faire. En même temps, elle a l'air de s'en fiche complètement.

Finalement, si on y réfléchit bien, Grand-Mère et Lilly pourraient donner TOUTES LES DEUX des conférences sur le métier de princesse.

Ce qui est assez effrayant, en fait.

Vendredi 11 septembre, en éducation civique

THÉORIES DU GOUVERNEMENT

Théorie de l'évolution

Théorie de l'évolution de Darwin appliquée au gouvernement =

1. Famille
2. Clan
3. Tribu

Formation de groupes pour coordonner et gérer les entreprises de produits et de services.

Création des institutions gouvernementales pour maintenir l'ordre interne et protéger des dangers extérieurs.

{Ouah ! Ça marche comme pour les bandes. Je ne plaisante pas. Des bandes se forment au bahut pour se protéger des dangers extérieurs. Par exemple, nous autres, les Antisportifs, nous nous sommes regroupés afin de nous protéger des Sportifs et des pom-pom girls parce qu'ils sont plus nombreux. Ce qui explique pourquoi :

— La bande des Skaters a été créée pour se protéger des Punks ;

— La bande des Punks a été créée pour se protéger des Théâtreux ;

— La bande des Théâtreux a été créée pour se protéger des Dégénérés ;

— La bande des Dégénérés a été créée pour se protéger des Sportifs ;

— La bande des Sportifs a été créée pour se protéger des…

Pour se protéger de qui la bande des Sportifs a-t-elle été créée ? Bon d'accord, ça ne marche pas pour eux, mais autrement, le reste est assez logique.

C'est pour ça que les bandes existent ! Darwin avait raison !!!}

Vendredi 11 septembre, en SVT

Champ magnétique entoure Terre dû aux courants de convection internes.

Découvert par Van Allen (ceintures de radiation).

Zones de forte radiation dues aux particules, certaines radioactives et chargées, provenant de l'espace et du soleil.

Aurores boréales provoquées par interaction de particules chargées avec l'atmosphère.

D'après Kenny, Heather, sa nouvelle petite amie :

1. a les cheveux naturellement blonds et n'a jamais eu besoin de retoucher à ses racines
2. a systématiquement A dans toutes les matières
3. sait faire le saut de mains arrière
4. le fait souvent lors de fêtes
5. et au restaurant
6. est appréciée de tout le monde dans son lycée, dans le Delaware
7. vient le voir pour Thanksgiving
8. a un cheval
9. ne perd jamais son temps à regarder la télé parce qu'elle est trop occupée à lire
10. ne possède pas de répondeur

De toute façon, à quoi lui servirait-il ? Personne ne doit l'appeler vu qu'elle ne regarde pas la télé et n'a donc rien à raconter.

Devoirs :

Géométrie : exercices pages 42-45

Anglais : pages 30-54 de *Éléments de Style* de Strunk et White

Français : ????

Éduc. Civique : la théorie de Darwin appliquée aux gouvernements

SVT : section 2, nature et environnement énergétiques

Vendredi 11 septembre, au Plaza.

Grand-Mère était si triste d'être la cause de ma crise de nerfs aujourd'hui qu'elle a insisté pour m'emmener prendre le thé au Palm, le salon de thé qui se trouve au rez-de-chaussée du Plaza.

Je sais bien qu'elle n'était pas SI triste que cela. Il s'agit de Grand-Mère, ne l'oublions pas !

Mais bon.

Aux quatre coins de la salle, des photographes de divers magazines et journaux en ont bien sûr profité pour nous mitrailler. À tous les coups, on nous verra demain à la une du *Post* avec pour titre :

Tea 4 2
Pendant que certaines boivent, d'autres trinquent!

Mais c'était agréable d'être là et de manger les mini-sandwiches du Palm (d'autant plus que je n'avais pas déjeuné puisque j'étais à l'infirmerie) tandis que Grand-Mère déblatérait contre les petites balles en mousse de Lana, qu'elle trouvait vulgaires et tellement moins distinguées que mes stylos *Propriété du palais royal de Genovia*.

Bref, la culpabilité rendait Grand-Mère si gentille (note pour moi : est-ce qu'une personnalité borderline peut éprouver un sentiment de culpabilité? À vérifier) que je lui ai brusquement demandé : « Au fait, Grand-Mère, je peux inviter Lilly, Tina, Shameeka et Ling Su à dormir ce soir dans ma chambre du Plaza? On aimerait répéter le débat de lundi?

— Bien sûr, Amelia », a répondu Grand-Mère.

Youpi !!!!!!!!!!!

Du coup, je me suis empressée d'appeler tout le monde de mon portable. Mr. Taylor a tenu à parler à Grand-Mère avant de donner son accord. Je dois dire que Grand-Mère s'en est sortie comme un chef. Elle l'a rassuré et tout, et quand elle m'a rendu le téléphone, Mr. Taylor m'a demandé ce que Shameeka pouvait apporter. Il pensait à des pop-corn. Je lui ai répondu que ce n'était pas nécessaire, que le Plaza se chargeait de tout.

Puis on a envoyé la femme de chambre de Grand-Mère à la maison pour qu'elle aille chercher mes affaires et nourrisse Fat Louie.

J'espère qu'il va supporter d'être tout seul. Ça va lui faire bizarre de se retrouver sans Rocky. Il a pris l'habitude de lui lécher la figure tous les soirs dans l'espoir de tomber sur quelques gouttes de lait qu'on aurait oublié d'essuyer.

À faire :

Joindre maman sur son portable dès son arrivée et lui rappeler tous les dangers que court Rocky là-bas :

* les moissonneuses-batteuses

* les vipères cuivrées (elles vivent en Indiana et sont venimeuses)

* les fourches

* les veuves noires (les morsures de ces araignées peuvent être mortelles chez les jeunes enfants)

* le lait non pasteurisé (risques de salmonelle)

* le fauteuil à dossier réglable de pépé (Rocky pourrait se retrouver coincé au fond)

* les animaux de la ferme (présence de colibacilles dans leur tube digestif)

* l'appareil pour faire les macaroni et les frites de mémé

* le grenier (un échappé de l'hôpital psychiatrique de la région pourrait s'y être réfugié)

Vendredi 11 septembre, au Plaza, chambre 1620, l'heure ???? super-tard !!!!!!!

Ling Su a trouvé le quiz le plus cool qui soit sur Internet et l'a apporté pour qu'on le fasse ensemble !

Quiz

IL EST INTERDIT DE TRICHER et de lire les questions à l'avance !!! Vous devez y répondre dans l'ordre !!

Munissez-vous d'abord d'un stylo et d'une feuille de papier. Lorsque vous choisissez des noms, assurez-vous bien qu'il s'agit de gens que vous connaissez.

Laissez votre instinct répondre.

PRÊT ?

C'EST PARTI !

1. Tracez onze cases que vous numéroterez de 1 à 11.

2. Dans les cases 1 et 2, écrivez deux nombres de votre choix.

3. Dans les cases 3 et 7, écrivez les noms de personnes de sexe opposé.

4. Écrivez les noms de vos amis, des membres de votre famille, etc. dans les cases 4, 5 et 6.

5. Écrivez quatre titres de chansons dans les cases 8, 9, 10 et 11.

N'OUBLIEZ PAS : IL EST INTERDIT DE LIRE D'AVANCE LES RÉPONSES !!!!!

RÉPONSES DE MIA THERMOPOLIS :

1. Dix
2. Trois
3. Michael Moscovitz
4. Fat Louie
5. Lilly Moscovitz
6. Rocky Thermopolis-Gianini
7. Kenny Showalter
8. *Crazy in love* – Beyonce
9. *Bootylicious* – Destiny's Child
10. *Belle – La Belle et la Bête*
11. Chanson du générique de *Friends*

RÉPONSES :

1. Vous devez parler de ce jeu à autant de personnes que la somme des deux nombres inscrits cases 1 et 2.

2. Vous aimez la personne dont vous avez inscrit le nom case 3.

3. Vous appréciez mais ne pouvez pas travailler avec la personne dont vous avez inscrit le nom case 7.

4. Vous êtes très attachée à la personne dont vous avez inscrit le nom case 4.

5. La personne dont vous avez inscrit le nom case 5 est celle qui vous connaît le mieux.

6. La personne dont vous avez inscrit le nom case 6 vous porte chance.

7. La chanson de la case 8 correspondant à la personne de la case 3.

8. La chanson de la case 9 correspond à la personne de la case 7.

9. La chanson inscrite dans la case 10 est celle qui VOUS décrit le mieux.

10. La chanson de la case 11 exprime vos sentiments sur la vie.

Mon Dieu !!!! C'EST INCROYABLE !!!! TOUT CE QU'ILS DISENT EST VRAI !!!!!!!!

La preuve : Michael est bien le garçon que j'aime ! Rocky me porte chance ! Lilly est la personne qui me connaît le mieux ! Et je suis très attachée à Fat Louie !

Quant à Kenny, je pense que jamais je n'arriverai à le comprendre. *Bootylicious* est effectivement une chanson qui lui convient.

Quoi d'autre encore ? Oui, je suis *Crazy in love* de Michael. Le chanson du générique de *Friends* parle complètement de MOI – *Personne ne t'a dit que la vie serait ainsi* – parce que personne ne m'avait DIT QUE J'ÉTAIS LA PRINCESSE DE GENOVIA.

En ce qui concerne *Belle*, Lilly peut rire tout ce qu'elle veut, cette chanson est l'une de mes préférées. Mrs. Martinez trouverait probablement quelque chose à redire à cela… Comment, une soi-disant future écrivain qui aime la musique de Walt Disney ???? Et alors ! Belle et moi, on a des TAS de choses en commun : on a tout le temps le nez fourré dans un livre (bon, d'accord, moi, c'est mon journal, mais ça revient au même), et tout le monde pense qu'on est bizarres.

Sauf les hommes qui nous aiment.

En tout cas, qu'est-ce qu'on s'est amusées ! On a commandé des tonnes de choses à manger et à boire en appelant le room service. Et il y a une heure, Lilly nous a fait mourir de rire après que Shameeka a mentionné Yan, l'élève qui est en français avec nous, et demandé si on avait enfin décidé si c'était un garçon ou une fille.

« Non, mais lundi, on devrait toutes aller le ou la voir et faire la ronde autour de lui ou d'elle en chantant : "Baisse ta culotte ! Baisse ta culotte !" Comme ça, on saura ! » a-t-elle dit.

On a alors toutes pouffé en imaginant la tête de Mlle Klein si on le faisait. En même temps, cela s'apparenterait à du harcèlement sexuel, et ce ne serait pas très gentil pour ce pauvre ou cette pauvre Yan.

Mais on a quand même bien ri, debout sur le lit en train de sauter et de danser en chantant : « Baisse ta culotte ! Baisse ta culotte ! »

On a ensuite organisé un concours de karaoke. C'est moi qui ai eu l'idée. Si un jour on doit traverser le pays pour une raison ou pour une autre, et qu'on se retrouve à chanter pour payer notre essence, comme Britney Spears dans *Crossroads*, autant s'entraîner avant.

Ah oui, Michael m'a appelée, mais je n'entendais rien tellement Tina hurlait. Il faut dire que Ling Su était en train de nous lire une lettre d'amour de Boris qu'elle avait trouvée dans le sac à dos de Tina. Même Lilly riait.

Conclusion : c'est la MEILLEURE SOIRÉE QUE J'AI JAMAIS PASSÉE.

À l'exception, bien sûr, du bal du lycée, l'an dernier.

Et de la soirée où Michael et moi, on a regardé *La Guerre des étoiles* et qu'il m'a dit qu'il m'aimait.

Et du gala de l'école, évidemment.

Mais à part ces trois-là, cette soirée est vraiment ma meilleure soirée.

Note pour moi : ne pas oublier d'appeler maman pour lui dire de se méfier du tabac à rouler de pépé. Les bébés peuvent s'intoxiquer avec de la nicotine. Je l'ai vu dans *La Loi et l'Ordre*.

Liste des garçons les plus sexy
par
Lilly, Shameeka, Tina, Ling Su et Mia

1. Orlando Bloom. *(Dans tout, avec ou sans chemise.)*

2. Boris Pelkowski. *(Ça ne va pas du tout ! Boris ne devrait pas figurer sur cette liste ! Mais Lilly et moi étions en minorité.)*

3. Le garçon qui jouait dans le film sur la vie de Mia. *(Sauf que rien de ce que raconte ce film ne pourrait se passer dans la vraie vie puisque Genovia est une principauté et non une monarchie, et que ça ne change rien que l'héritier du trône soit marié ou pas. Par*

ailleurs, ça m'étonnerait que La Cage enregistre un disque vu que tous les membres du groupe sont à l'université et très occupés.)

4. James William Van Der Beek de Dawson.

5. Harry Potter. *(Même s'il n'a que quatorze ans, il est assez mignon.)*

6. Enrique Iglesias. *(Maintenant qu'il s'est fait enlever son grain de beauté.)*

7. Chad Michael Murray, de *Freaky Friday* et de *One Tree Hill*.

8. Le copain de Samantha dans *Sex and the City*. *(Surtout quand il se rase le crâne pour elle. Shameeka n'a pas pu voter vu que son père lui a défendu de le regarder.)*

9. Jason Allen Alexander, ex Mr. Britney Spears.

10. Ramon Rivera.

11. Hellboy (même si Mia est la seule à penser qu'il est sexy, mais c'est parce qu'elle est obsédée par les héros de cinéma).

Samedi 12 septembre, sur la grande pelouse de Central Park, 1 heure

Je suis fatiguée. POURQUOI est-ce que j'ai invité tout le monde à dormir hier ? Et POURQUOI est-on restées debout à chanter jusqu'à trois heures du matin ?

Pire, POURQUOI je me suis laissé entraîner à assister à un match de l'équipe de FOOT d'Albert-Einstein ?

Le foot m'ennuie! Non, tous les sports m'ennuient – combien de fois, cette pauvre Mrs. Potts a-t-elle dû m'encourager d'un « Allez, on se bouge, Mia ! » quand le ballon passe à côté de moi et que je ne réagis pas.

Mais *assister à un match*, c'est PIRE que *jouer*. Au moins, quand on joue, on a le cœur qui bat, les mains moites alors qu'on se dit : *Oh, non ! Le ballon ne vient pas vers moi ! Mais si, le voilà ! Il vient enfin vers moi ! Qu'est-ce que je dois faire ? Si j'essaie de l'attraper et que je le rate, tout le monde va m'en vouloir. Mais si je ne fais rien et ne bouge pas, tout le monde va m'en vouloir aussi.*

Quand on REGARDE un match, rien de tout cela n'arrive. On ne fait que… s'ennuyer.

Quand Lilly m'a demandé de ne rien prévoir pour samedi, je ne pensais pas que c'était pour une manifestation ayant un rapport avec le lycée. Et pourquoi d'abord est-ce que je ferais quelque chose ayant un rapport avec le lycée (à l'exception de mes devoirs) le WEEK-END ?

Mais Lilly prétend que c'est important que je me montre dans ce genre d'endroit avant les élections. Elle me soutient que je dois prendre des bains de foule.

Personnellement, je ne suis pas sûre qu'assister à un match de foot fasse que les gens votent pour moi. Vous savez pourquoi ? Parce que tout le monde va voter pour Lana, voilà pourquoi !

Et pourquoi ne le feraient-ils pas ? Regardez-la en train de sautiller. Elle est absolument DIVINE. Extérieurement parlant, cela va sans dire. Intérieurement, elle a un cœur de pierre. Mais extérieurement – elle a un sourire divin qui dévoile des dents divines, des jambes divinement lisses et bronzées, et des lèvres brillantes sur lesquelles jamais une mèche de ses cheveux soyeux ne vient se coller. Bref, pourquoi les gens voteraient pour moi quand ils peuvent voter pour Lana ?

Lilly dit que je suis idiote de penser ça – que les élections pour le comité des délégués de classe du lycée n'ont rien à voir avec un concours de beauté ou de popularité. Pourquoi, dans ce cas, me demande-t-elle de me présenter à SA place? Et pourquoi je suis ici, d'abord ? Il n'y a que des sportifs et des pom-pom girls. Et aucun ne votera pour moi, c'est évident.

D'après Lilly, ils ne voteront sûrement pas pour moi si je continue d'écrire mon journal au lieu de m'intéresser à eux et d'aller leur parler. ALLER LEUR PARLER ! Qu'ils s'estiment heureux si je ne leur VOMIS pas dessus !

Samedi 12 septembre, 3 heures de l'après-midi, à la Pizza Ray

Quelle perte de temps !

Lilly dit que c'est faux. Elle dit que la journée a été très PÉDAGOGIQUE.

Personnellement, je ne vois pas en quoi. Je me demande même comment elle peut le savoir vu qu'elle a passé la majeure partie de son temps derrière Mr. et Mrs. Weinberger – ils assistaient au match –, à écouter ce qu'ils racontaient aux parents de Trisha Hayes. Elle n'a même pas suivi le match ! En revanche, *j'*ai dû aller de-ci de-là et me diriger vers des inconnus, qui ne m'auraient pas accordé le moindre regard dans les couloirs d'Albert-Einstein, pour leur dire : « Salut, on ne se connaît pas, je crois. Je m'appelle Mia Thermopolis. Je suis la princesse de Genovia. Je me présente aux élections. »

Je ne plaisante pas. Je ne me suis jamais sentie aussi mal de vie.

En plus, personne ne m'écoutait. Le match était trop sérieux. On jouait contre Trinity College. Jusqu'à présent, ils nous ont systématiquement battus.

Mais pas cette fois. Parce qu'aujourd'hui, l'équipe de foot d'Albert-Einstein a sorti sa botte secrète : Ramon Riveras. En gros, une fois que Ramon a le ballon, il ne le quitte plus, sauf pour marquer un but. On a gagné quatre à zéro.

Je tiens à préciser que j'avais raison à propos de Ramon. Il retire son tee-shirt et le lance en l'air chaque fois qu'il marque un but. Je ne voudrais pas faire courir de bruits, mais j'ai vu Mrs. Weinberger se redresser sur son siège la dernière fois qu'il l'a fait.

Quant à Lana, elle n'a évidemment pas pu s'empêcher de s'élancer sur le terrain pour lui sauter au cou. À un moment, Ramon l'a même portée sur ses épaules comme si elle était un trophée. Vous savez quoi ? Quand Albert-Einstein gagne un match grâce à vous, vous gagnez une pom-pom girl.

Enfin. Si Lana plaît à Ramon, qu'il se la garde. Qui sait ? Peut-être parviendra-t-il à l'occuper suffisamment pour qu'elle m'oublie et qu'elle oublie Michael.

Ce qui me fait penser que je dois passer le voir après le match pour rencontrer son camarade et… rattraper le temps perdu, puisqu'on ne s'est pas vus de la semaine.

Du moins, c'est ce que Michael m'a dit qu'on ferait quand on a enfin réussi à se parler. Il n'avait l'air pas très content et a voulu savoir ce qui se passait hier soir quand il m'a appelée.

« Eh bien… », ai-je commencé.

Quand mon portable a sonné, je m'apprêtais à acheter un bretzel à un marchand ambulant. Tout le monde ne le sait pas, mais les bretzels de New York – ceux qu'on achète dans la rue seulement – ont des vertus thérapeutiques. Sérieux. Je ne sais pas ce qu'ils mettent dedans, mais si vous en achetez un quand vous avez mal à la tête, par exemple, dès que vous en mordez un bout, votre mal de tête disparaît. Et j'avais un méga-mal de tête étant donné que je n'avais pratiquement pas fermé l'œil de la nuit.

« J'ai invité les filles à dormir », ai-je expliqué à Michael après avoir avalé ma première bouchée de bretzel. « Sauf qu'on n'a pas vraiment dormi », ai-je continué avant de lui raconter qu'on s'était amusées à sauter sur le lit en chantant : *Baisse ta culotte*, et tout ça.

Je ne sais pas pourquoi, mais Michael n'a pas trouvé cela très drôle. Je ne lui ai évidemment pas raconté que j'avais aussi chanté *Milk-shake* enveloppée dans le rideau de douche.

« Tu avais une suite pour toi toute seule et tu as invité ma sœur, a déclaré Michael.

— Et Shameeka, Tina et Ling Su », ai-je précisé tout en essuyant un peu de moutarde qui avait coulé sur mon menton. Il faut toujours mettre de la moutarde sur son bretzel pour que ses vertus thérapeutiques marchent.

« Très bien, a répondu Michael. Tu fais quoi après ? Tu passes ici ou pas ? »

On pourrait trouver la question de Michael, et la façon dont il l'avait posée, relativement brutale. C'est vrai. Sauf qu'en ce qui me concerne – je parle du fait que Michael soit fâché –, c'était une sorte de soulagement. Parce que si Michael était fâché, cela signifiait que LE faire n'était pas pour l'instant l'une de ses priorités. Ce qui m'arrangeait, car je dois avouer que je ne tenais pas particulièrement à avoir avec lui la fameuse conversation sur « LE faire ou pas ? », même si je sais que Tina a raison et qu'il faudra bien qu'on l'ait un jour ou l'autre.

Bref, pour l'instant, je suis en train de manger une pizza avec Lilly dans l'espoir qu'elle me donnera le courage nécessaire pour me rendre au campus de Michael. Vous savez quoi ? C'est très difficile de fonctionner quand on a fait la fête toute la nuit. Je ne sais pas comment les sœurs Hilton s'en sortent.

Lilly vient de m'interrompre pour me dire que les élections, c'était dans la poche. Je ne vois pas du tout de quoi elle parle, étant donné que :

A) On n'a pas répété le débat hier soir, du coup, je ne sais pas quels thèmes aborder lundi et

B) la plupart des gens à qui je me suis présentée aujourd'hui m'ont regardée comme si j'étais une demeurée et m'ont tous dit : « Je vote pour Lana, banane. »

De toute façon, qu'est-ce que Lilly sait du résultat des élections ? Elle a passé l'après-midi à espionner les PARENTS d'élèves.

J'aimerais bien lui parler de cette histoire de LE faire ou pas. Évidemment, Lilly ne l'a jamais fait… du moins, je ne pense pas. Elle n'est pas allée si loin que ça avec son dernier petit copain, tout de même…

Quoi qu'il en soit, je suis sûre que son point de vue sur la question serait très intéressant.

Mais je ne peux pas parler à Lilly de LE faire ou pas avec SON frère ! Ce serait dégoûtant. Si une fille envisageait de LE faire avec Rocky et venait m'en parler, je lui ficherais mon poing dans la figure.

Bon d'accord, Rocky est mon petit frère et n'a que cinq mois, mais quand même.

Pour en revenir à Lilly, je suis quasi sûre de ce qu'elle me répondrait : Fais-le.

Ce qui est facile à dire pour elle, parce qu'elle est très à l'aise avec son corps. Par exemple, elle ne se change pas à toute vitesse dans les vestiaires du gymnase, comme moi, et dans la partie la moins éclairée de la pièce de préférence. Non. Ça lui est même arrivé de se balader COMPLÈTEMENT nue dans les vestiaires en demandant à la cantonade : « Est-ce que quelqu'un a du déo ? »

Quant aux piques que Lana et ses copines lui envoient sur son petit ventre rebondi, elle a l'air de s'en fiche comme de l'an quarante.

Bien sûr, je ne pense pas que Michael me ferait une remarque s'il me voyait nue. Mais que voulez-vous ? Je ne suis pas à l'aise quand je n'ai rien sur le dos, ce n'est pas ma faute.

Mais ça ne veut pas dire que je n'aimerais pas voir Michael sans rien sur le dos.

À tous les coups, ça doit vouloir signifier que je suis inhibée, prude ou je ne sais quoi, et que rien ne tourne rond chez moi. Je ne mérite probablement pas d'être élue à la présidence du comité des délégués de classe, même pour quelques jours avant que Lilly me remplace. Je ne mérite même pas d'être la princesse d'un pays qui va se retrouver hors de l'Union européenne à cause de moi.

En fait, je ne mérite rien.

Bon, il est l'heure. Il va falloir que j'aille voir Michael.

Personne ne veut me tirer dessus ?

Samedi 12 septembre, 5 heures de l'après-midi, dans la salle de bains de la chambre de Michael

Moi qui pensais que c'était super-dur d'entrer à Columbia et que les étudiants étaient triés sur le volet, eh bien, je dois dire que je me pose des questions maintenant que j'ai rencontré le camarade de chambre de Michael.

Qu'est-ce qu'il fait ici ?

Tout se passait très bien jusqu'à SON arrivée. Michael est venu nous chercher dans le hall, Lars et moi, et a signé un formulaire pour qu'on ait le droit de monter (l'université de Columbia se soucie énormément de la sécurité de ses étudiants. Dommage qu'elle ne se soucie pas autant de la sécurité des invités de ses étudiants !). J'ai dû par ailleurs laisser ma carte d'identité à l'accueil et Lars son permis de port d'armes (ils ont accepté qu'il garde son revolver quand ils ont compris que j'étais la princesse de Genovia).

Bref, une fois qu'on a eu toutes les autorisations nécessaires, on est montés dans les étages. J'étais déjà venue le jour où Michael a emménagé, mais ça n'avait rien à voir avec aujourd'hui. Il n'y avait plus de malles ni de parents, mais des étudiants qui se baladaient dans les couloirs avec juste une serviette autour de la taille, qui s'interpellaient d'une chambre à l'autre, exactement comme dans *Gilmore Girls* ! Et un peu partout sur les murs, des petites annonces les invitaient à participer à une manifestation ou à assister à une lecture de poèmes dans les cafés voisins.

Apparemment, Michael n'était plus fâché, vu qu'il m'a embrassée très longuement pour me souhaiter la bienvenue. Dès que j'ai senti l'odeur de son cou, je me suis sentie mieux. Vous savez quoi ? Le cou de Michael a les mêmes vertus thérapeutiques que les bretzels des vendeurs ambulants de New York.

Arrivés à l'étage de Michael, on a laissé Lars dans la salle télé. Il y avait un match de base-ball. Personnellement, j'aurais pensé que Lars en aurait soupé du sport dans la mesure où on avait passé l'après-midi au stade. Eh bien, pas du tout. Il a jeté un coup d'œil au score, qui était assez serré, et une seconde après, il était scotché au poste.

Michael s'est alors empressé de me conduire à sa chambre. Elle a beaucoup changé depuis la dernière fois. Une carte de la galaxie recouvre tout un pan de mur, et elle contient plus d'équipements informatiques que le plus grand magasin d'informatique de New York. Au plafond, Michael a collé une pancarte sur laquelle on peut lire : *Défense de stationner*. Il m'a juré qu'il ne l'avait pas volée.

Sinon, la partie de la chambre qu'il occupe est hyper bien rangée. Il a mis un édredon bleu marine sur son lit, un mini-frigo à la place de la table de nuit et il y a des CD et des livres partout.

L'autre partie de la chambre est beaucoup plus en désordre. À la place du mini-frigo, il y a un micro-ondes, et des DVD remplacent les CD. Sinon, il y a autant de livres.

Avant que j'aie le temps de demander à Michael où était Doo Pak et quand j'allais faire sa connaissance, Michael m'a attirée sur le lit. On rattrapait le temps perdu quand la porte s'est brusquement ouverte et qu'un garçon coréen avec des lunettes sur le nez est entré.

« Salut, Doo Pak, a lancé Michael sur un ton très désinvolte. Je te présente Mia, ma petite amie. Mia, je te présente Doo Pak. »

J'ai tendu la main et j'ai adressé mon plus joli sourire à Doo Pak.

« Bonjour Doo Pak, ai-je dit. Je suis ravie de faire ta connaissance. »

Mais Doo Pak ne m'a pas serré la main. Son regard est passé de Michael à moi très vite puis il a éclaté de rire :

« Ha ! Ha ! Très drôle ! s'est-il exclamé. Combien il te donne pour que vous vous payiez ma tête, hein ? »

Je me suis tournée vers Michael. Je ne comprenais rien.

« Doo Pak, on ne se paie pas ta tête, a dit Michael. Ce n'est pas une plaisanterie. Mia est vraiment ma petite amie. »

Mais Doo Pak a continué de rire.

« Vous, les Américains, vous faites toujours des blagues ! a-t-il déclaré. C'est bon, vous pouvez arrêter ! »

À ce moment-là, j'ai pensé qu'il était temps que j'intervienne.

« Doo Pak, tu te trompes, ai-je dit. Je suis vraiment la petite amie de Michael. Je m'appelle Mia Thermopolis. Je suis très contente de faire enfin ta connaissance. Michael m'a beaucoup parlé de toi. »

Mais Doo Pak a ri tellement fort qu'il est tombé à la renverse sur son lit.

« Non ! Non ! a-t-il hurlé en pleurant de rire. Ce n'est pas possible ! *Tu* ne peux pas sortir avec *lui* ! »

Michael a alors commencé à s'énerver.

« Doo Pak, ça suffit, a-t-il dit, sur le ton qu'il prend quand Lilly se moque de lui parce qu'il est fan de *Star Trek : Enterprise*.

— Franchement, tu te trompes, Doo Pak, ai-je répété en me demandant ce qu'il y avait de drôle. Michael et moi sortons ensemble depuis neuf mois. Je suis au Lycée Albert-Einstein, et je vis avec ma mère et mon beau-père dans le Vill…

— Pourrais-tu te taire, s'il te plaît », m'a interrompue Doo Pak, quoique très poliment, je dois l'admettre.

Ça fait bizarre de s'entendre dire de se taire. Surtout que Doo Pak m'a carrément tourné le dos pour se mettre à parler à voix basse à Michael, et que Michael lui a répondu aussi doucement. Du coup, j'ai préféré m'enfermer dans la salle de bains, où je suis actuellement, histoire de les laisser tranquilles.

Au bout d'un moment, Michael a cessé apparemment de parler à voix basse parce que je l'ai entendu dire :

« Doo Pak, je te jure que Mia est ma petite amie. Ce n'est pas une blague, tu peux me croire », lui répétait-il.

Tout en tendant l'oreille, j'ai parcouru la salle de bains du regard. Elle est plutôt en ordre, pour une salle de bains de garçons. Il n'y a rien de fragile qui traîne, et Michael et Doo Pak ont changé le rideau de douche pour un rideau avec un planisphère. À mon avis, c'est pour que Doo Pak puisse contempler son pays tout en se douchant.

Oh, oh… Doo Pak aussi a cessé de parler à voix basse. Est-ce qu'ils pensent que je suis SOURDE ?

« Mais je ne comprends pas, Mike », est-il en train de dire. MIKE ???? « Pourquoi sortirait-ELLE avec TOI ? »

Mais oui, bien sûr! Doo Pak m'a reconnue. Ma photo a été publiée à plusieurs reprises dans la presse ces derniers temps à cause de cette histoire de limaces et d'élections. À tous les coups, Doo Pak n'arrive pas à croire que Michael sorte avec une princesse.

Je ne peux pas lui en vouloir. Il n'y a rien de plus nul que d'être princesse. Pas étonnant que Michael n'ait pas osé le dire à Doo Pak. Ce doit être super-embarrassant pour lui d'avouer à ses camarades de fac que non seulement sa petite copine est encore au lycée, mais qu'en plus, c'est une princesse.

Pauvre Michael. Je ne savais pas qu'on se moquait de lui à cause de ça. Sans parler du fait que je ne me déplace pas sans garde du corps, que je suis plate comme une limande et que je suis une vraie mère poule.

Finalement, tout cela me rend l'amour de Michael encore plus extraordinaire.

Oh, oh. Ils ont arrêté de parler. Je peux peut-être sortir…

Samedi 12 septembre, 19 heures, au café John Jay Lerner

Il faut que je me dépêche d'écrire pendant que Michael paye. Ça tombe bien, il y a un maximum de monde à la caisse.

J'ai découvert la raison pour laquelle Doo Pak pensait que Michael se moquait de lui en me présentant comme sa petite amie. Ça n'a rien à voir avec le fait que je sois princesse. Doo Pak pense que je suis TROP belle pour Michael.

Je ne plaisante pas. Doo Pak me l'a dit lui-même quand je suis sortie de la salle de bains. Il semblait avoir terriblement honte de lui. Il s'est avancé vers moi et a dit : « Je suis désolé de ne pas t'avoir crue tout à l'heure quand tu disais que tu étais la petite amie de Michael. Tu es bien trop belle pour sortir avec un garçon comme Mike, a-t-il poursuivi. Mike est… Comment dites-vous déjà ? Ah oui, une grosse tête. Comme moi. Et les grosses têtes ne sortent pas avec de jolies filles. C'est pour ça que je pensais qu'il me faisait une blague. Aussi, je te prie d'accepter mes plus humbles excuses. »

Je les ai observés Michael et lui pour savoir s'ils ne se payaient pas MA tête, cette fois, mais rien qu'aux joues empourprées de Doo Pak, et à celles encore plus empourprées de Michael, j'ai su que Doo Pak disait la vérité : il pense sincèrement que je suis trop belle pour sortir avec Michael !!!!!!

Je ne plaisante pas.

Ils doivent sans doute avoir d'autres critères de beauté en Corée du Sud. Et d'où vient Doo Pak, les garçons branchés informatique ne doivent tout simplement pas sortir avec des filles. Je ne vois pas comment c'est possible autrement.

C'est peut-être pour ça d'ailleurs qu'ils en dessinent tout le temps. Dans les dessins animés et les mangas.

Mais, comme je l'ai expliqué à Doo Pak, être une grosse tête aux États-Unis est plutôt bien considéré, et n'importe quelle fille sensée préfère sortir avec une grosse tête qu'avec un sportif ou un bellâtre.

Comme Doo Pak n'avait pas l'air de me croire, je lui ai fait remarquer que Bill Gates, qui est le roi des grosses têtes, était marié. Ça a dû le convaincre finalement parce qu'il m'a serré la main et m'a demandé si je n'avais pas des copines à lui présenter.

Je lui ai répondu que j'y réfléchirais mais que cela ne devrait pas poser de problèmes.

Doo Pak s'est ensuite excusé et il nous a laissés pour aller s'acheter la dernière version de *Myst*. Il était à peine parti que Michael s'est plaint que Columbia ne propose pas à ses étudiants de première année une chambre seule.

Ce qui me fait penser que j'ai remarqué quelque chose dans leur salle de bains juste avant d'en sortir. Quelque chose qui ne m'avait pas frappé l'esprit jusqu'alors. QUELQUE CHOSE QUI VA SANS DOUTE RESTER GRAVÉ À JAMAIS DANS MA MÉMOIRE.

IL Y A UNE BOÎTE DE PRÉSERVATIFS DANS L'ARMOIRE À PHARMACIE DE MICHAEL ET DE DOO PAK!!!!!!!!!

Je suis très sérieuse. JE L'AI VUE. JE L'AI VUE DE MES PROPRES YEUX.

QU'EST-CE QUE ÇA SIGNIFIE? C'est clair que DOO PAK ne LE FAIT avec personne. Il a pratiquement AVOUÉ qu'il n'était jamais sorti avec une fille.

À qui sont ces préservatifs, alors?

Oh, oh! Michael revient…

Dimanche 13 septembre, 1 heure du matin, dans la limousine, de retour au Plaza

MON DIEU. Il faut que je respire calmement. Comme j'ai appris à le faire au yoga. Inspirer. Expirer. Inspirer. Expirer.

Bon. Ça marche. Je vais pouvoir écrire. Je vais pouvoir écrire ÇA comme j'écris tout le reste. Il n'y a aucune raison pour que je n'y arrive pas.

On l'a eue, LA conversation. ET MICHAEL S'ATTEND À CE QU'ON LE FASSE… UN JOUR OU L'AUTRE.

Voilà. C'est fait. Je l'ai écrit.

Pourquoi je ne me sens pas mieux alors???????

Mon Dieu ! Qu'est-ce que je vais devenir ???? Dire que Lana avait raison !!! Lana n'a jamais raison sur rien !!!! Je me souviens qu'elle nous avait raconté que si l'on se bouchait le nez en même temps qu'on éternuait, nos tympans risquaient d'exploser. Et ce bruit qu'elle a fait courir comme quoi « si tu te douches pendant que tu as tes règles, tu perds tellement de sang que tu peux mourir ». Ou bien son histoire d'aspirine et de Coca light pris ensemble qui entraînaient des perforations dans l'estomac.

Rien de tout cela n'était vrai.

Pourquoi faut-il que ÇA soit la seule chose qu'elle ait dite de vrai ?????

Car les garçons en première année de fac espèrent BEL ET BIEN le faire avec leur petite amie. Un jour ou l'autre, en tout cas. Attention, je ne dis pas que Michael va me plaquer si on ne LE fait pas demain ou dans la semaine. Pas du tout. Il a été super-adorable, compréhensif et presque aussi gêné que moi.

Mais il ENVISAGE de LE faire.

Un jour.

Au secourrrrrrrrrrrrrrrrrrrrrrrrs !!!!!!!!

J'aurais dû m'en douter. TOUS les hommes – et même ceux qu'on rencontre au cinéma ou dans les dessins animés comme Wolverine de *X-men* ou la Bête de *La Belle et la Bête* – veulent LE faire. Même s'ils restent polis et bien élevés. Wolverine a de longues conversations pleines d'esprit avec Jean Grey, et la Bête fait valser la Belle comme si seule la danse comptait, sauf qu'au fond d'eux, ILS NE PENSENT QU'À ÇA.

Je ne sais pas pourquoi je m'étais dit que Michael serait différent. Après tout, j'ai vu *Real Genius* et *Revenge of the Nerds*. J'aurais dû le savoir que même les garçons intelligents aimaient l'amour physique. Ou *aimeraient* l'amour physique s'ils rencontraient une fille qui accepte de LE faire avec eux.

Je ne dis pas non plus que Michael ou moi appartenons à une religion où c'est interdit de LE faire avant le mariage. Michael est juif, mais pas SI juif que ça. Il mange des travers de porc tout le temps.

Mais *LE FAIRE*???? Ce n'est quand même pas un petit pas à franchir.

C'est ce que j'ai d'ailleurs dit à Michael quand on est retournés dans sa chambre après être allés dîner dehors et qu'on s'embrassait, allongés sur son lit. Une minute. Ne croyez pas que Michael ait tenté quoi que ce soit. Il n'a jamais eu le moindre geste déplacé – même si je sais maintenant qu'il aimerait bien LE faire. De toute façon, on ne s'est jamais retrouvés seuls jusqu'à présent, lui et moi. Mais ce soir, Lars était devant la télé, et Doo Pak à la bibliothèque, où il espérait rencontrer une fille qui accepte de sortir avec une grosse tête.

Bref, tandis qu'on s'embrassait sur son lit, je n'arrêtais pas de penser au fait qu'IL Y AVAIT DES PRÉSERVATIFS DANS L'ARMOIRE À PHARMACIE, que LES GARÇONS EN PREMIÈRE ANNÉE DE FAC S'ATTENDAIENT À LE FAIRE, et que DONALD JENKINS AVAIT FINI PAR ÉPOUSER UNE MISS MAÏS. Résultat, je n'arrivais tellement pas à me concentrer que d'un seul coup, j'ai repoussé Michael et je lui ai dit : « JE NE ME SENS PAS PRÊTE À FAIRE L'AMOUR. »

J'avoue que Michael a paru surpris.

Non pas que je lui dise que je ne me sentais pas prête, mais que je lui en parle tout simplement.

En même temps, il s'en est plutôt vite remis car après avoir cligné des yeux plusieurs fois de suite, il m'a répondu : « D'accord », et a recommencé à m'embrasser.

Ce qui ne m'a guère rassurée parce que je ne savais pas s'il m'avait entendue. Mais comme Tina m'avait dit et répété qu'il fallait qu'on en parle, Michael et moi, et qu'*elle* n'hésiterait pas à en parler à Boris, j'ai fini par me convaincre que j'étais capable de parler à Michael.

Du coup, je l'ai repoussé et j'ai dit : « Michael, il faut qu'on parle. »

Il m'a regardée, étonné, et a fait : « De quoi ? »

J'ai alors répondu – MÊME SI C'EST LA CHOSE LA PLUS DURE QUE J'AI JAMAIS

FAITE, ENCORE PLUS DURE QUE LA FOIS OÙ J'AI DÛ PRENDRE LA PAROLE DEVANT LE PARLEMENT DE GENOVIA POUR CETTE HISTOIRE DE PARCMÈTRES – :

« Des préservatifs qui se trouvent dans l'armoire à pharmacie de la salle de bains.

— Les quoi ? » a dit Michael, le regard dans le vague. Puis, il a semblé se rappeler et a ajouté : « Ah, ça ! Tout le monde en a reçu le jour de l'emménagement. Ils faisaient partie du colis de bienvenue que chaque étudiant reçoit à son arrivée à Columbia. »

Puis, il a plissé les yeux et n'avait plus du tout le regard dans le vague quand il m'a dit : « Mais même si je les avais achetés, où est le problème ? Est-ce mal de me soucier de toi et de vouloir te protéger au cas où nous ferions l'amour ? »

Évidemment, il ne m'en fallait pas plus pour fondre et oublier qu'on était censés avoir cette conversation. Mais je me suis fait violence pour me ressaisir, d'autant plus qu'au moment où Michael me confiait qu'il se souciait de moi, je me suis fait la réflexion que si son cou sentait aussi bon, ce n'était sans doute rien comparé au reste de son corps.

Ce qui était une raison supplémentaire pour se dépêcher de parler.

J'ai écarté sa main – je savais qu'il me serait impossible de me concentrer s'il me touchait –, et j'ai dit : « Je pense que c'est une bonne chose. C'est juste que... »

Je lui ai raconté la suite d'une traite. Les paroles de Lana pendant que je faisais la queue au self et dans les vestiaires du gymnase (mais pas le passage sur le fait qu'elles remontent, c'est trop dégoûtant). Donald Jenkins. Miss Maïs. La certitude de mon amour pour lui mais l'incertitude d'être prête à LE faire (j'ai employé le mot *incertitude*, mais j'en suis certaine, évidemment. Je ne voulais pas paraître trop brutale, c'est tout). L'histoire des préservatifs qui se déchirent (si ça arrive dans *Friends*, pourquoi ça n'arriverait pas dans la vraie vie). L'excessive fertilité de ma mère. Bref, TOUT.

Parce qu'une fois qu'on aborde ENFIN le sujet, autant tout dire, non ?

Disons, presque tout. Par exemple, je n'ai pas évoqué le fait que je n'étais pas très branchée nudité. Je parle de la mienne. Celle de Michael ne me gêne pas du tout. Par ailleurs, à la télé, quand un couple fait l'amour, ça n'a pas l'air si… simple que ça. Et si je n'y arrivais pas ? Et si je n'étais pas douée ? Michael chercherait peut-être à me remplacer.

Michael m'a écoutée sans m'interrompre une seule fois. Il avait l'air de me prendre très au sérieux. Il s'est levé pour couper la musique. C'est seulement au moment où je lui expliquais que je n'étais pas tout à fait sûre d'être prête à LE faire qu'il a finalement parlé. Sur un ton très sec. Il a dit : « Ça ne m'étonne pas vraiment, Mia. »

Ce qui MOI m'a étonnée.

Mais quand j'ai répondu : « C'est vrai ? », il a répondu : « Eh bien, je l'ai compris quand j'ai appris que tu avais préféré inviter tes copines au Plaza, sachant que tu avais une chambre d'hôtel pour toi toute seule pendant tout un week-end. »

HÉ HO ????? Ce n'est PAS du tout ça. Premièrement, c'est Lilly et les autres qui se sont invitées. Et deuxièmement...

Bon, d'accord. Michael a raison.

Aussi, je lui ai dit d'une toute petite voix :

« Michael, je suis désolée. Je ne pensais pas que... »

Je me sentais si mal que je n'arrivais plus à VERBALISER. J'avais l'impression de n'être qu'une pauvre fille. Comme quand, au dîner, il m'a parlé de son cours de sociologie dans la science-fiction, m'expliquant que dans *1984* d'Orwell, la loterie est en fait un moyen de contrôler les prolétaires en leur donnant l'espoir qu'un jour peut-être ils pourront quitter leur travail sans débouché, et que dans *Fahrenheit 451*, la femme de Montague ne compatit pas du tout aux problèmes de son mari qui, pour gagner sa vie, doit brûler les livres, et qu'elle passe son temps au téléphone avec ses copines à parler d'une série télé appelée *Le Clown blanc*. Bref, pendant que Michael me racontait tout cela, moi, je me disais que notre principal sujet de conversation, à Lilly, Tina et moi, c'était *Charmed*.

En même temps, comment ne pas parler de cette série ?

À moins que cela ne fasse partie d'une stratégie gouvernementale pour nous empêcher de nous rendre compte qu'on est en train de détruire les forêts ou de faire adopter des lois pour interdire aux jeunes d'avoir recours à la contraception sans l'accord de leurs parents…

En plus, j'ai parfois la nette impression que Michael ne cessera jamais de parler des séries ou des émissions qu'il aime, comme *Jake 2.0* ou *60 minutes*.

Quoi qu'il en soit, j'ai fait de mon mieux pour qu'il me pardonne de ne pas l'avoir invité à l'hôtel. J'ai posé ma main sur son bras, je l'ai regardé dans les yeux et j'ai murmuré : « Michael, je suis vraiment désolée. De ça… et de tout le reste. »

Mais au lieu de me dire qu'il me pardonnait, il a déclaré : « C'est bon. La question maintenant, c'est QUAND seras-tu prête ?

— Prête pour quoi ? ai-je demandé.

— Ça », a-t-il répondu.

Il m'a fallu un petit moment avant de comprendre et quand j'ai finalement compris, j'ai piqué un superfard.

« Euh..., ai-je commencé. Que penses-tu de la soirée de gala pour la remise des diplômes, quand j'en aurai terminé avec le lycée, ai-je continué très vite, sur un grand lit avec des draps de satin dans une suite du Four Seasons, avec du champagne et des fraises au chocolat avant et un bain parfumé après, puis des gaufres au petit déjeuner le lendemain ? »

Michael m'a alors répondu le plus calmement du monde : « Un, je ne retournerai jamais à un gala de lycée et tu le sais très bien, et deux, je n'ai pas les moyens de t'inviter au Four Seasons, ce que tu sais aussi. Pourquoi dans ce cas m'avoir répondu ça ? »

Zut ! Tina ne connaît pas sa chance : elle peut donner des ordres à Boris, elle. POURQUOI Michael n'est-il pas aussi malléable que BORIS ??

« Écoute », ai-je dit en cherchant désespérément un moyen de mettre un terme à cette conversation. Parce qu'elle ne se déroulait pas du tout comme je l'avais prévue dans ma tête. Dans ma tête, je disais à Michael que je ne me sentais pas prête, il me répondait que ça ne posait pas de problème puis on jouait au Scrabble, et c'est tout.

Dommage que les choses ne se passent jamais comme je les ai prévues dans ma tête.

« Est-ce que je dois te donner ma réponse MAINTENANT ? ai-je demandé.

Après tout, gagner du temps était dans mon intérêt.

« J'ai beaucoup de soucis en ce moment, ai-je poursuivi. Par exemple, à l'heure actuelle, ma mère peut tout à fait être en train d'exposer Rocky à un danger ou à un autre. Sans compter que j'ai ce débat lundi et… Est-ce que je t'ai dit que ma grand-mère et Lilly travaillaient ensemble ? À croire que Dark Vador s'est allié à Ann Coulter. Franchement, je suis à bout. Aussi, ça m'arrangerait de te répondre plus tard.

— Très bien », a déclaré Michael en me souriant si tendrement que j'ai eu envie de me pencher vers lui pour l'embrasser…

Jusqu'à ce qu'il ajoute : « Mais autant que tu le saches, Mia. Je ne vais pas attendre indéfiniment. »

Je dois dire que ça m'a coupée dans mon élan, et pas qu'un peu. Parce que Michael n'était pas en train de me faire comprendre qu'il n'attendrait pas ma réponse indéfiniment. Non. Mais qu'il n'attendrait pas indéfiniment pour LE faire.

Certes, il ne me l'a pas présenté comme une menace. Il l'a même dit d'un ton léger, voire badin.

Mais je sentais bien qu'il ne plaisantait pas. Parce que les garçons en première année de fac s'attendent vraiment à LE faire. À un moment ou à un autre.

Je ne savais pas quoi répondre. À vrai dire, je ne pense pas que j'aurais pu trouver la force de parler après, même si j'avais essayé. Mais heureusement, j'en ai été dispensée parce que Lars a frappé à la porte en disant : « Le match est fini. Il est plus de minuit. Il est l'heure de rentrer, princesse. »

Sur le chemin du retour, j'ai demandé à Lars comment il faisait pour choisir systématiquement le mauvais moment – ou le bon, dans le cas présent – pour me rappeler à l'ordre lorsque j'étais seule avec Michael.

« Tant que je vous entends parler, je ne me fais pas de souci, m'a-t-il répondu. Mais dès qu'il n'y a plus de bruit, je m'interroge sur ce qui se passe. Parce que… sans vouloir vous offenser, Votre Altesse, vous parlez *beaucoup*. »

Bref, voilà où j'en suis.

Lana avait raison.

Tous les garçons veulent *le faire*.

Même Michael.

Ma vie est fichue.

FIN

Note pour moi : Rappeler à maman qu'elle nourrit toujours Rocky au sein et que si la présence de sa mère la pousse à boire trop de gin tonic, ça peut être très dangereux pour le développement cognitif de mon frère.

Dimanche 13 septembre, midi, dans ma chambre au Plaza

Pourquoi ma vie ne ressemble-t-elle pas à celle des filles des séries télé ? Aucune n'est princesse. Aucune n'a provoqué de catastrophe écologique en lâchant dix mille limaces dans la mer. Aucune n'a de petit ami qui s'attend à LE faire un jour ou l'autre. Enfin, certaines si.

Mais ce n'est quand même pas la même chose quand on le fait dans un film.

Dimanche 13 septembre, 1 heure de l'après-midi, dans ma chambre au Plaza

Pourquoi personne ne me laisse tranquille ? Si je veux me noyer dans mon chagrin, ça me regarde. Je suis une princesse, après tout.

Dimanche 13 septembre, 2 heures de l'après-midi, dans ma chambre au Plaza

J'aimerais tellement pouvoir parler à Michael maintenant. Il m'a appelée tout à l'heure, mais je n'ai pas décroché. Du coup, il a laissé un message à la réception qui disait : « C'est moi. Tu es toujours là ou tu es rentrée chez toi ? Je vais essayer de te joindre là-bas. Rappelle-moi en tout cas quand tu auras ce message. »

C'est ça, oui. Je vais le rappeler. Pour m'entendre dire qu'il rompt parce que je ne veux pas LE faire. Je ne lui donnerai pas cette satisfaction.

J'ai essayé d'appeler Lilly, mais elle n'est pas chez elle. Sa mère m'a dit qu'elle ne savait pas où elle était mais que si j'arrivais à la joindre, je devais lui dire que Pavlov l'attendait pour sortir faire ses besoins.

J'espère que Lilly n'est pas à nouveau en train de filmer en cachette les fenêtres du couvent du Cœur Sacré. Elle est convaincue que les bonnes sœurs ont monté un laboratoire clandestin où elles fabriquent des amphétamines, sauf que la bande qu'elle a envoyée au commissariat ne montrait pas du tout les sœurs devant des paillasses mais en train de jouer au bingo.

Ooooh, ils passent *Sailor Moon* à la télé.

Quelle chance Sailor Moon a d'être un personnage de dessin animé! Si j'étais un personnage de dessin animé, je suis sûre que je n'aurais pas tous ces problèmes.

Et si j'en avais, ils seraient résolus à la fin de chaque épisode.

Dimanche 13 septembre, 3 heures de l'après-midi, dans ma chambre au Plaza

Il n'y a pas d'autres termes : c'est une atteinte au droit à la vie privée. Pourquoi je ne pourrais pas rester au lit toute la journée, hein ? Je suis sûre que si ELLE était dans mon état, et que j'entre dans SA chambre sans y avoir été invitée et que je lui dise d'arrêter de s'apitoyer sur son sort et de se secouer un peu, ELLE n'aurait jamais accepté. ELLE m'aurait jeté son Sidecar à la figure, au moins.

Mais apparemment, ELLE a le droit d'entrer dans ma chambre. ELLE a le droit de me dire d'arrêter de m'apitoyer sur mon sort.

Elle est donc entrée et s'est mise à agiter une chaîne en or devant moi, avec un médaillon en pendentif couvert de pierres précieuses presque aussi gros que la tête de Fat Louie. Tout à fait le genre de collier que pourrait porter 50 Cent quand il sort avec ses copains, le soir.

« Sais-tu ce que tu regardes là, Amelia ? m'a demandé Grand-Mère.

— Si tu cherches à m'hypnotiser pour que je ne me ronge plus les ongles, laisse tomber, ai-je répondu. Le Dr. Moscovitz a déjà essayé et ça n'a pas marché. »

Grand-Mère a fait mine de n'avoir pas entendu et a repris : « Ce que tu as devant toi, Amelia, est un objet de très grande valeur qui fait partie de l'histoire de Genovia. Il appartenait à ton aïeule dont tu portes le nom, sainte Amélie, la patronne de Genovia.

— Excuse-moi, Grand-Mère, mais je m'appelle Amelia à cause d'Amelia Earhart, l'aviatrice», ai-je corrigé.

Grand-Mère a haussé les épaules.

«Absolument pas, a rétorqué Grand-Mère. Tu portes le nom de sainte Amélie et de personne d'autre.

— Je ne voudrais pas insister, ai-je repris, mais maman m'a dit que…

— Je me fiche de ce que ta mère t'a dit, m'a coupée Grand-Mère. Tu as reçu le nom de la patronne de Genovia, un point c'est tout. Amélie est née en 1070, c'était une jeune paysanne toute dévouée au troupeau de chèvres de sa famille. Tout en s'occupant des bêtes, elle chantait souvent de vieux airs traditionnels et sa voix, dit-on, était la plus jolie et la plus mélodieuse de tous les temps, bien plus harmonieuse que celle de cette horrible Christina Aguilera que tu sembles tant aimer.»

Hé ho ? Comment Grand-Mère sait-elle cela ? Est-ce qu'elle vivait en 1070 ? Par ailleurs, l'étendue de la voix de Christina couvre sept octaves. Ou quelque chose comme ça.

« Un jour, alors qu'Amélie avait quatorze ans, a continué Grand-Mère, et qu'elle gardait le troupeau près de la frontière entre Genovia et l'Italie, elle a aperçu, cachés dans un taillis, un comte italien et l'armée de mercenaires qu'il avait amenée avec lui de son château voisin. Aussi légère que les chèvres qu'elle aimait tant, Amélie s'est approchée discrètement des scélérats et a découvert leurs terribles visées sur son cher pays. Le comte avait en effet l'intention d'attendre la tombée de la nuit pour s'emparer du palais de Genovia et mater la population afin d'annexer notre principauté. Dotée d'une vive intelligence, Amélie s'est empressée de retourner à son troupeau. Le soleil étant déjà bas dans le ciel, elle a compris qu'elle n'aurait pas le temps de rentrer au village pour prévenir les autres des vils projets du comte. Aussi, elle a entonné d'une voix plaintive un air de son pays, comme si aucun soldat ne se trouvait tapi dans les collines voisines. C'est alors qu'un miracle s'est produit. Un par un, les mercenaires se sont endormis, bercés par la voix mélodieuse d'Amélie. Lorsque le comte s'est assoupi à son tour, elle s'est approchée de lui et, s'emparant de la petite hache dont elle se servait pour couper les ronces qui s'accrochaient au pelage de ses chèvres adorées, elle a tranché la tête du comte et l'a brandie devant les mercenaires soudainement réveillés. “ Que cela serve d'avertissement à quiconque rêve de salir ma chère terre de Genovia ", s'est-elle écriée en agitant la tête du comte. Terrifiés à l'idée que cette jeune fille apparemment sans défense soit à la hauteur des combattants auxquels ils s'affronteraient s'ils envahissaient Genovia, les mercenaires ont rassemblé leurs effets et se sont enfuis sans demander leur reste. Quant à Amélie, elle est retournée chez ses parents avec la tête du comte pour preuve de ses exploits. Elle a été acclamée par toute la population et a vécu heureuse jusqu'à un âge avancé. »

Grand-Mère a alors ouvert le médaillon et m'a montré ce qui se trouvait à l'intérieur.

« Ceci, a-t-elle déclaré d'un air dramatique, est tout ce qui reste d'Amélie. »

Je me suis approchée et j'ai fait : « Hum, hum.

— N'aie pas peur, Amelia a dit Grand-Mère. Tu peux le toucher. Seuls les membres de la famille Renaldo y sont autorisés. Tu en tireras des bienfaits. »

J'ai tendu la main et j'ai touché ce qu'il y avait à l'intérieur du médaillon. On aurait dit… un caillou.

« Hum, hum, ai-je refait. Merci, Grand-Mère, mais je ne vois pas en quoi toucher un caillou symbolisant une sainte peut m'aider à me sentir mieux.

— Ce n'est pas un caillou, a corrigé Grand-Mère avec dédain. C'est le cœur pétrifié d'Amélie. »

BERK !!!!!!!!!!!!!!!!!!!!!!

Dire que c'est ÇA que ma grand-mère a voulu me montrer en s'imposant dans la chambre !! Dire que c'est avec ÇA qu'elle pensait me remonter le moral ! Le CŒUR pétrifié d'une sainte morte il y a presque dix siècles !!!

POURQUOI EST-CE QUE JE NE PEUX PAS AVOIR UNE GRAND-MÈRE QUI M'OFFRIRAIT DES CHOCOLATS QUAND JE SUIS DÉPRIMÉE au lieu de me faire toucher des organes pétrifiés ?????

Mais bien sûr, je viens de comprendre ! Je porte le nom d'une femme qui a accompli un acte de bravoure incroyable et a sauvé son pays. Et pourquoi Grand-Mère m'en a parlé aujourd'hui ? Pour m'instiller un peu du courage de sainte Amélie pour le débat de demain.

Sauf que j'ai bien peur que son plan ne marche pas, car à l'exception du même penchant pour les chèvres, je n'ai RIEN à voir avec Amélie. Bon, d'accord, c'est vrai que Rocky arrête de pleurer quand je lui chante une chanson. Mais ce n'est pas pour autant que je vais être canonisée.

Par ailleurs, ça m'étonnerait que le petit ami de sainte Amélie lui ait dit qu'il « n'attendrait pas indéfiniment pour LE faire. »

Tout ça est tellement déprimant. C'est vrai, quoi. Même ma grand-mère pense que je ne peux pas battre Lana Weinberger sans quelque intervention divine.

Ce n'est tout simplement pas juste.

Dimanche 13 septembre, 9 heures du soir, à la maison

Je suis tellement contente d'être enfin chez moi. J'ai l'impression d'être partie pendant hyper-longtemps. Sérieux. J'ai l'impression que ça fait UN AN que je ne me suis pas allongée sur mon lit avec Fat Louie couchée en boule à mes pieds qui ronronne à pleins tubes et la voix suave de Lash dans les oreilles puisque les pleurs de Rocky, c'est fini. En effet, maman lui a fait passer son je-pleure-pour-qu'on-s'occupe-de-moi. Elle y est apparemment parvenue en le laissant à Mémé et Pépé pendant qu'elle assistait avec Mr. G à un défilé de voitures anciennes sur le parking du supermarché, parce que c'était ce qu'il y avait de plus culturel à faire à Versailles ce week-end.

Bref, quand Mr. G et maman sont rentrés, quatre heures plus tard, Pépé et Mémé n'avaient pas bougé de place (devant la télé en train de regarder *Les meilleurs gags de l'année*) et Rocky dormait à poings fermés. Tout ce que Mémé a trouvé à dire, c'est : « Il a de la voix, ton fils. »

À part ça, maman m'a confié que Mr. G était un héros et que si elle n'était pas sûre de son amour avant, elle pouvait l'être maintenant, parce qu'aucun homme n'aurait accepté d'endurer ce qu'il a enduré pour elle, comme conduire le tracteur de Pépé. Il a apparemment été très impressionné par les panneaux au bord de la route qui l'invitaient vivement à se repentir de ses péchés et à sauver son âme. Sinon Mr. G m'a annoncé que la banque de Versailles avait décroché la pancarte sur laquelle on pouvait lire : *Si la banque est fermée, glissez vos billets sous la porte*. C'est triste, j'aimais tellement cette pancarte.

En revanche, ce qui m'a fait très plaisir, c'est qu'ils ont suivi mes conseils et n'ont pas montré de moissonneuse-batteuse ni de vipères cuivrées à Rocky. Maman a tout de même tenu à me dire que ce n'était pas nécessaire que je l'appelle toutes les trois heures pour leur faire savoir qu'aucun cyclone n'était annoncé dans la région de Versailles, mais qu'à part ça, elle était très touchée par l'attention que je portais à mon petit frère.

J'ai attendu que Mr. G nous laisse toutes les deux pour lui demander si elle avait profité de son passage à Versailles pour contacter Donald Jenkins.

« Pourquoi aurais-je fait ça ? a demandé ma mère.

— Eh bien, parce que tu l'as aimé, ai-je répondu.

— Certes, mais c'était il y a vingt ans, a-t-elle précisé.

— Et alors ? ai-je fait. Tu as aimé papa il y a quinze ans et tu *le* vois toujours.

— Parce que nous avons eu une fille ensemble, m'a rappelé ma mère en me regardant bizarrement. Crois-moi, Mia, si tu n'étais pas née, ton père et moi n'aurions sans doute plus rien à faire ensemble. Nous avons chacun suivi notre route, tout comme Donald a suivi la sienne. Si je n'avais pas rencontré Frank, peut-être que j'aurais regretté d'avoir rompu avec Donald ou ton père. Mais j'ai épousé l'homme de ma vie. Aussi, pour répondre à ta question, Mia, non, je n'ai pas cherché à entrer en contact avec Donald, ce week-end. »

Ouah ! C'est tellement… je ne sais pas. *Beau*. Ce que ma mère a dit sur Mr. G comme quoi c'était l'homme de sa vie. J'espère qu'il s'en rend compte et qu'il apprécie la chance qu'il a. Parce que si, à mon avis, beaucoup de femmes considéreraient mon père, du fait qu'il soit prince et riche, comme l'homme de leurs rêves, ça m'étonnerait qu'il y en ait qui disent : « Hmmmm, j'adorerais rencontrer un prof de maths pauvre, en pantalon de flanelle et qui joue de la batterie. »

En attendant, c'est plutôt sympa. Que ma mère et moi, on ait rencontré l'homme de notre vie.

Sauf que le mien s'apprête à me plaquer.

Mais est-ce que l'homme de ma vie me dirait qu'il n'a pas l'intention de m'attendre indéfiniment ? Au contraire, il devrait me dire qu'il est prêt à m'attendre TOUTE L'ÉTERNITÉ ! C'est bien ce que fait Tom Hanks dans *Seul au monde*. Il ATTEND Helen Hunt. Pendant QUATRE ans.

Bon d'accord, il n'a pas vraiment le choix puisqu'il vit sur une île déserte et qu'il n'y a pas d'autres filles dans les parages.

En tout cas, Michael m'avait laissé un message sur le répondeur. Je l'ai trouvé en rentrant. Il me disait exactement la même chose que dans le message qu'il avait laissé au Plaza : « Rappelle-moi. »

Et quand j'ai allumé mon ordinateur, j'ai vu qu'il m'avait envoyé un mail, où il disait en gros ce qu'il m'avait déjà dit deux fois : « Rappelle-moi. »

Il peut attendre pour que je l'appelle. Pour m'entendre dire qu'il me quitte ?

Oooooooooooh !!!! Je viens de recevoir un MSN.

Pourvu que ce soit Michael.

Non, pas Michael.

Pourvu que ce soit Michael.

Non, pas Michael.

Pourvu que ce soit Michael.

Non, pas Michael.

Pourvu que ce soit Michael.

Non, pas Michael.

Pourvu que ce soit Michael.

Cœuraimant : Salut ! C'est moi.

Ah, c'est Tina.

FtLouie : Salut.

Cœuraimant : Je voulais te remercier pour vendredi soir. C'était SUPER.

FtLouie : De rien.

Cœuraimant : Qu'est-ce que tu as ?

FtLouie : Rien.

Cœuraimant : Ça m'étonnerait. Tu n'as pas utilisé un seul point d'exclamation ! Il s'est passé quelque chose ? Tu as parlé à Michael ?

Parfois, Tina a des dons de devin.

FtLouie : Oui. Et tu sais quoi, Tina ? C'était HORRIBLE. Il a complètement rejeté l'idée de le faire le soir du gala de l'école et il a ajouté qu'il n'avait pas les moyens de m'emmener au Four Seasons. Rien à voir avec Boris. Il m'a même dit qu'il n'avait pas l'intention de m'attendre indéfiniment !!!!

Cœuraimant : Non, il n'a pas dit ÇA ??????

FtLouie : Si, il l'a bel et bien dit !!!! Tina, je ne sais pas quoi faire. J'ai l'impression que le monde s'écroule autour de moi. Tu imagines : Lana AVAIT RAISON !!!!!

Cœuraimant : Ce n'est pas possible, Mia. Tu as sans doute mal compris ses paroles.

FtLouie : Non, je te promets. Michael veut LE faire et il n'a pas l'intention d'attendre toute sa vie que je me décide. Je n'arrive pas à le croire. Dire que pendant tout ce temps, j'ai cru qu'il était l'homme de ma vie !!!!

Cœuraimant : Mia, Michael est l'homme de ta vie. Mais ce n'est pas parce que tu as rencontré le grand amour que votre relation ne connaîtra pas des hauts et des bas de temps en temps.

FtLouie : Tu crois ?

Cœuraimant : Bien sûr ! Le chemin qui mène au bonheur suprême est parsemé d'embûches. Les gens pensent qu'une fois le grand amour trouvé, tout va bien se passer. Mais rien ne pourrait être plus éloigné de la vérité. Une relation ne peut devenir durable sans un certain travail personnel de la part des deux participants.

FtLouie : Qu'est-ce que je dois faire, alors ?

Cœuraimant : Heu... Je ne sais pas. Comment es-tu partie ?

FtLouie : Lars a frappé à la porte pour me dire qu'il était l'heure de rentrer. Et je n'ai pas reparlé à Michael depuis.

Cœuraimant : Quoi ? Mais qu'est-ce que tu attends pour prendre ton téléphone ?

FtLouie : Tu crois ?

Cœuraimant : Bien sûr ! Fais-lui comprendre que tu l'aimes et que tu souffres. PARLE-lui, Mia. N'oublie pas, la communication est la clé.

FtLouie : Si tu le dis…

WomynRule : Alors, Mia, c'est le grand jour, demain ! Tu es prête ?

FtLouie : Lilly ? Où étais-tu ? Ta mère te cherchait. J'espère que tu n'es pas retournée traîner du côté des bonnes sœurs ? Le commissaire McLinsky a été clair : il t'a dit de les laisser tranquilles.

WomynRule : Sache, pour ta gouverne, que j'ai passé la journée à travailler POUR TOI. Tu vas CARTONNER demain au débat grâce à certaines infos que j'ai réussi à recueillir. En ce qui concerne les bonnes sœurs, je les ferai TOMBER un autre jour, fais-moi confiance.

FtLouie : Lilly, de quoi parles-tu ? Quelles infos ? Par ailleurs, ta mère veut que tu sortes Pavlov.

WomynRule : C'est déjà fait. Hé, vous vous êtes disputés, mon frère et toi ?

FtLouie : POURQUOI ME POSES-TU CETTE QUESTION ?????

WomynRule : OK, j'ai la réponse que j'attendais. En tout cas, il m'a demandé plusieurs fois si j'avais eu de tes nouvelles. Mais pour l'instant, je voudrais que TU METTES DE CÔTÉ les différends que tu as avec mon frère, quels qu'ils soient, d'ailleurs. Tu dois être au meilleur de ta forme pour le DÉBAT. Couche-toi tôt ce soir – tout de suite, ce serait pas mal – et prends un bon petit déjeuner demain matin. ET SOIS POSITIVE. Le débat aura lieu dans le gymnase, et le vote, juste après, pendant l'heure du déjeuner. IL FAUT QUE TU SOIS DÉTENDUE. Mais n'oublie pas non plus que si tu ne t'en sors pas bien pendant le débat, tout ce qu'on a fait jusqu'à présent – les affiches, ton bain de foule au match de foot – n'aura servi à rien.

FtLouie : QUE JE SOIS DÉTENDUE????? COMMENT VEUX-TU QUE JE SOIS DÉTENDUE AVEC CE QUE JE VIS EN CE MOMENT????? Le pays sur lequel je régnerai un jour a été mis à la porte de l'Union européenne à cause de moi. Ma grand-mère m'a fait toucher le cœur pétrifié d'une sainte du XIe siècle. Mon petit ami veut LE faire. Mon frère n'a plus besoin que je chante pour se rendormir...

WomynRule : Mon frère veut faire QUOI??????

FtLouie : Eh bien… ça...

WomynRule : TU N'AS PAS LE DROIT DE LE FAIRE AVANT MOI!!!!! JE TE TUE SI TU LE FAIS!!!!!

FtLouie : JE N'AI PAS L'INTENTION DE LE FAIRE. POUR L'INSTANT. C'est LUI qui veut LE faire. Un de ces jours.

WomynRule : Ah bon ! Où est le problème, alors ? TOUS les garçons veulent le faire, tu devrais le savoir maintenant. Dis-lui de se calmer de ce côté-là.

FtLouie : On ne dit pas à quelqu'un comme ton frère de se calmer de ce côté-là. C'est presque un mâle, et un mâle a des besoins. Tu dirais à BRAD PITT de se calmer de ce côté-là ? Non. Parce que BRAD PITT est un mâle. COMME TON FRÈRE.

WomynRule : Il n'y a que toi, Mia, pour dire que mon frère est un mâle. Mais bon, pourquoi pas ? Ce que je te demande, c'est de ne pas y penser ce soir. Ce soir, tu dois te concentrer sur ton sommeil pour être en forme demain. Et ne t'inquiète pas. On va les battre.

FtLouie : LILLY !!!!! ATTENDS !!! JE N'Y ARRIVERAI PAS !!!! JE PARLE DU DÉBAT. IL FAUT QUE TU PARLES À MA PLACE !!!! APRÈS TOUT, C'EST TOI QUI VEUX ÊTRE ÉLUE !!!! TU SAIS BIEN QUE J'AI PEUR DE PARLER EN PUBLIC !!!!! LES FEMMES DE GENOVIA, DU MOINS CELLES QUI ONT COMPTÉ, N'ONT JAMAIS ÉTÉ DE GRANDES ORATRICES. ELLES NE SONT BONNES QU'À TUER LES

SCÉLÉRATS QUI VEULENT S'EN PRENDRE À LEUR PAYS !!!!! LILLY !!!!!!

WomynRule : Terminé.

Cœuraimant : Ne t'inquiète pas, Mia, je suis sûre que tu vas très bien te débrouiller demain.

FtLouie : Merci, Tina. Il faut que je te laisse. Je crois que je vais aller vomir.

Lundi 14 septembre, 1 heure du matin

Je ne peux pas faire ça. Je ne peux PAS faire ça. Je vais me ridiculiser devant tout le monde. Pourquoi est-ce que j'ai accepté ?

Lundi 14 septembre, 3 heures du matin

Ce n'est pas juste. Est-ce que je n'ai pas déjà eu mon compte pour une vie entière ? Pourquoi devrais-je EN PLUS être humiliée devant mes pairs ?

Lundi 14 septembre, 5 heures du matin

Fat Louie ne peut pas trouver un autre endroit pour dormir que sur ma tête ?

Lundi 14 septembre, 7 heures du matin

Je sens que je vais mourir sur-le-champ.

Lundi 14 septembre, en perm

Franchement, quand on y pense, je me suis rongé les sangs pour rien. Parce que si le monde doit vraiment disparaître dans dix à vingt ans, on est en droit de se demander : « Pourquoi s'en faire ? »

Et la fonte de la calotte glaciaire ? Si ça arrive, New York n'existera même plus.

Et le super-volcan à Yellowstone ? Hé ho, on parle d'hiver nucléaire, là.

Et l'algue géante ? Si mes limaces ne font rien, toute la côte méditerranéenne sera détruite. Ce n'est en fait plus qu'une question de temps avant que tous les fonds marins du monde entier ne SOIENT envahis par *Caulerpa taxifolia*. La vie telle que nous la connaissons n'existera plus, car il n'y aura plus de fruits de mer… plus de langoustines, plus de homard, plus de crevettes… Il n'y aura plus rien dans l'océan que des étendues d'algues.

Alors, franchement, quand on pense à tout ça, un petit débat contre Lana Weinberger, ce n'est rien, en comparaison.

Lundi 14 septembre, en gym

POURQUOI faut-il qu'on ait volley-ball ? Je DÉTESTE le volley-ball. Frapper le ballon avec l'intérieur des poignets, ça fait SUPER-MAL ! Je suis sûre que je vais être couverte de bleus.

Et puis, je n'ai pas tellement apprécié que Mrs. Potts nous ait désignées comme capitaines d'équipe, Lana et moi. Parce que, bien entendu, au bout de quelques minutes, le match s'est transformé en celui de l'équipe des filles populaires contre l'équipe des filles impopulaires. Lana a choisi Trisha et ses autres copines, et moi Lilly et toutes les parias de la classe puisqu'il va sans dire que Lana ne les aurait pas prises et que je ne voulais pas qu'elles se sentent rejetées. JE SAIS ce que c'est de se sentir rejetée et de rester sur la touche. Je sais ce que c'est que d'attendre tandis que le capitaine choisit les membres de son équipe et, après nous avoir jeté un rapide coup d'œil, passe à la personne suivante comme si on n'existait même pas ! C'est ce qu'il y a de pire au monde !

Et évidemment, quand on a joué à pile ou face pour savoir qui engagerait la première, Lana a gagné.

Je suis sûre qu'elle m'a visée avec le ballon. Heureusement, j'ai baissé la tête au dernier moment, ce qui fait que j'ai réussi à l'éviter.

Je m'en fiche que Mrs. Potts ait dit que c'était le jeu. Et les accidents dus au ballon de volley, qu'est-ce qu'elle en fait ? Est-ce qu'elle aurait aimé qu'une de ses élèves perde UN ŒIL pendant son cours ?

Le problème, c'est que personne dans mon équipe n'a cherché à rattraper le ballon. Résultat, on a perdu le point. Et tous les autres, aussi, d'ailleurs.

Après le match, Lana s'est pavanée dans les vestiaires dans le short de foot de Ramon Riveras en racontant qu'ils s'étaient ÉCLATÉS tous les deux ce week-end. Apparemment, ils ont fait le tour de Manhattan dans le yacht du père de Lana. Voilà quelque chose qu'elle ne pourra plus faire lorsque la calotte glaciaire aura fondu, vu que Manhattan n'existera plus. Aussi, j'espère qu'elle l'a appréciée, sa sortie en mer. C'est les mouettes en revanche qui n'ont pas dû apprécier. Lana a raconté que Ramon et elle s'étaient amusés à lancer des capsules de bouteille par-dessus bord et que les mouettes plongeaient pour les manger, pensant que c'était de la nourriture.

Lana n'a manifestement aucune conscience écologique, sinon elle aurait su que les mouettes, ou même les poissons, peuvent s'étrangler en avalant une capsule de bouteille.

Mr. Weinberger les a ensuite emmenés dîner au Water Club. Ça fait des années que je rêve d'y aller, mais si on ne fait rien contre l'algue qui étouffe la flore marine, le restaurant risque d'avoir fermé avant que mon rêve ne se réalise.

Pour en revenir à Lana, ça m'étonnerait qu'elle se soucie de ce qui se passe SOUS les océans. Il n'y a que ce qui se passe AU-DESSUS qui l'intéresse. Comme savoir si son bikini lui va, par exemple.

Et vu comment Lana est faite, vous pouvez être sûrs qu'il lui va atrocement bien.

Ce qui n'en fait pas une personne bien pour autant.

Pourquoi personne ne veut me tirer dessus ?

Lundi 14 septembre, en géométrie

Encore deux cours avant que je me ridiculise devant tout le bahut.

Preuve indirecte = supposition faite au début qui conduit à une contradiction.

La contradiction indique que la supposition est fausse et que la conclusion désirée est vraie.

Puisque Lana est jolie, elle doit être sympa.

Puisque toutes les choses jolies sont sympas.

FAUX FAUX ARCHI FAUX

Caulerpa taxifolia est jolie, mais elle est aussi mortelle.

Postulat = principe déclaré comme vrai mais sans preuve.

Je peux affirmer que je vais perdre contre Lana.

Vous savez quoi ? Je commence à piger cette histoire de géométrie.

Mon Dieu ! Et si pendant tout ce temps, je pensais être bonne dans un domaine et mauvaise dans un autre, mais qu'en fait, c'est l'inverse : je suis nulle dans le domaine où je pensais être bonne, et bonne dans le domaine où je pensais être nulle ?????

Sauf que… je ne veux pas être mathématicienne quand je serai grande. Je veux être ÉCRIVAIN. Je veux réussir dans l'ÉCRITURE, pas dans la GÉOMÉTRIE.

OK, ça ne m'embêterait pas d'être bonne aussi en géométrie, mais pas trop. Pas au point de remporter tous les prix de géométrie et de m'entendre dire sans arrêt : « Hé, Mia ! Tu peux nous résoudre ce problème ? »

Parce que ça serait un peu rasant au bout d'un moment, non ?

Lundi 14 septembre, en anglais

Encore un cours avant que je me ridiculise devant tout le bahut.

Regarde-la. Pour qui elle se prend, avec ses mules de chez Samantha Chang ?

Elle doit penser que c'est son style.

Tu sais quoi ? Je te parie qu'elle n'a même pas besoin de lunettes et qu'elle en porte juste pour qu'on ne voie pas qu'elle louche.

Oui. Et son pantalon baggy ! Hé ho !

Il faudrait peut-être que quelqu'un lui dise que ce n'est plus la mode !

MIA !!!!! TU ES EN FORME ????? Tu n'as pas l'air en forme ? En fait, tu as l'air complètement dans les vapes. Tu as dormi, cette nuit ?

Comment veux-tu que je dorme sachant que je vais me faire rosser devant toute l'école, comme ce type dans *Capitaine sans peur* ?

Personne ne va se faire rosser à l'exception de Lana. Parce que tu vas la battre.

LILLY ! ARRÊTE !!!! Je suis nulle pour parler en public, tu le sais bien. Regarde la vérité en face : Lana est belle ET le groupe socio-politique à la tête duquel elle se trouve est celui à qui nous autres devons verser la dîme.

De quoi tu parles ?????

Crois-moi, je vais perdre.

Non. Car j'ai une arme secrète.

Tu vas la tuer ?????

Mais non, Tina, je ne vais pas tuer Lana. Mais je garde un atout caché que je sortirai au cas où les électeurs ne paraîtraient pas convaincus. C'est-à-dire si Mia en a besoin.

J'EN AI BESOIN !!!! J'EN AI BESOIN !!!!

Patience, ma fille.

Lilly, JE T'EN PRIE, si tu sais quelque chose, dis-le-moi. Je vis un supplice, en ce moment, entre ton frère, ces élections et les limaces.

Mia ! Elle veut te voir ! Dans le hall !

Respire. Respire calmement et tout va bien se passer. Comme Drew Barrymore dans *À tout Jamais.*

C'est facile pour toi de dire ça, Lilly. Ça se voit qu'elle n'a pas détruit tes rêves les plus chers.

Lundi 14 septembre, dans la cage d'escalier, au troisième étage

Mais pour qui elle se prend ? Franchement, je vous le demande. Est-ce parce que je suis BLONDE (bon, d'accord, c'est une teinture) et PRINCESSE que je dois être STUPIDE aussi ???

Si c'est ça qu'elle pense, elle va devoir réfléchir à ce postulat.

« Mia, a-t-elle commencé en me faisant signe de la suivre dans le hall. Ton père est venu me voir vendredi. Mia, je ne savais pas que tu étais si bouleversée par tes notes en anglais. Tu aurais dû me le dire… »

Qu'est-ce que j'ai fait, à son avis, quand je lui ai donné à lire ma seconde expression écrite ?

« Je vous l'ai dit au début de l'année. Je suis et serai toujours là pour vous si vous souhaitez m'entretenir de quelque sujet que ce soit », a-t-elle poursuivi.

Hum, hum, OK. Est-ce que je peux dans ce cas vous entretenir de mon inquiétude au sujet du mariage précipité de Britney et de son absence dans l'industrie du show-business qui en résultera ? Non, je ne crois pas, Mrs. Martinez, n'est-ce pas ? Parce que vous ne supportez pas les références culturelles populaires.

« Je note sévèrement, je te l'accorde, Mia, a continué Mrs. Martinez, mais B, ce n'est pas une si mauvaise note que cela dans ma classe. Je n'ai mis qu'une seule fois A depuis le début de l'année… »

Je sais. Sur la copie de Lilly.

« La seule raison pour laquelle j'ai hésité à te mettre A, c'est parce que j'estime que tu pourrais faire mieux, étant donné tes capacités, m'a expliqué Mrs. Martinez. Tu as un vrai talent, Mia, mais tu dois t'appliquer et t'en tenir à des sujets un peu plus intéressants que Britney Spears. »

C'est ça qui CRAINT avec cette école : les gens ne comprennent pas que Britney Spears EST un sujet intéressant ! Elle est un baromètre humain grâce auquel on peut déterminer l'humeur du pays. Quand Britney est mêlée à un scandale, les gens s'empressent d'aller acheter *Us Weekly*. Britney nous donne à tous quelque chose d'excitant à lire ou à entendre. C'est vrai, la presse relate des meurtres, des catastrophes naturelles et d'autres événements démoralisants. Mais quand on apprend que Britney a embrassé Madonna sur la bouche lors des MTV Music Video Awards, alors, tout à coup, les choses n'ont plus l'air aussi terribles qu'avant.

Je suppose que ma faute, ça a été de montrer à Mrs. Martinez à quel point j'étais affectée par ses paroles parce que brusquement, elle m'a dit : « Mia ? Ça va ? »

Je n'ai rien répondu. Qu'est-ce que j'aurais pu dire de toute façon ?

Par ailleurs, la cloche venait de sonner.

Résultat, je suis arrivée en retard en français et Mlle Klein m'a collée.

La belle affaire ! Qu'est-ce qu'être collée quand on pense à ce qui m'attend dans exactement quarante minutes ?????

Lundi 14 septembre, en français

Zéro cours avant que je me ridiculise devant tout le bahut.

Où étais-tu ???? Tu as raté quelque chose !!!

`Qu'est-ce que j'ai raté ? De quoi tu parles, Shameeka ? ATTENDS… Ne me dis pas que vous vous êtes tous mis à danser autour de Yan en chantant` *Baisse ta culotte* `!`

Bien sûr que non. Mais Mlle Klein nous a demandé de lire à voix haute nos textes, sauf qu'avant, on devait se présenter et dire : « Mon histoire, par machin ou machine ». Bref, quand ça a été le tour de Yan et que Mlle Klein l'a entendu dire : « Mon histoire, par Yanne », Mlle Klein lui a dit : « Tu veux dire, Ian », et Yan a répondu : « Non, Yanne », et Mlle Klein a insisté et dit : « Non, Ian, parce que Yan est un prénom masculin, et que tu es un garçon, tandis que pour les filles, on dit Yanne. » Et Yan a rétorqué : « Je sais bien qu'on dit Yanne pour les filles. JE SUIS UNE FILLE. »

YAN EST UNE FILLE????? MON DIEU!!!! Pauvre Yan! C'est super-gênant que Mlle Klein ait pensé que c'était un garçon. Qu'est-ce qu'elle a fait? Je veux dire, Mlle Klein?

Elle s'est excusée. Que voulais-tu qu'elle fasse d'autre? Yan est devenue toute rouge. Je dois dire qu'elle m'a fait de la peine.

C'est bon, Shameeka. On lui proposera de s'asseoir avec nous à la cantine. J'ai remarqué qu'il… pardon, je voulais dire qu'*elle* mangeait seule, pas loin du garçon qui met du maïs dans son chili. À mon avis, elle a besoin de nous.

Oui, bonne idée! Tu as toujours de bonnes idées dans ce genre de situation, comme faire que les gens se sentent mieux. On a l'impression que tu es…

Que je suis quoi?

J'allais dire… que tu es comme une princesse. Mais tu ES une princesse! C'est pour ça que tu sais y faire. C'est un peu ton boulot, après tout.

Oui, si l'on veut.

Lundi 14 septembre, dans le bureau de la principale

Vous savez quoi? Je m'en fiche. Je m'en fiche d'être assise ici, dans le bureau de la principale.

Et je m'en fiche que Lana soit assise à côté de moi et me lance des regards assassins.

Et je m'en fiche aussi que l'écusson de ma veste d'uniforme soit à moitié déchiré.

ET je m'en fiche encore plus que toute l'école attende dans le gymnase qu'on arrive, Lana et moi, pour le débat.

Pour qui elle se prend ? J'aimerais bien le savoir. Je parle de Lana. COMMENT OSE-T-ELLE SE COMPORTER DE LA SORTE ? Qu'elle me lance des piques à longueur de journée, c'est une chose, mais qu'elle s'en prenne à un être sans défense, qui plus est nouveau à l'école, c'en est une autre.

Si elle croit que je vais rester les bras ballants et la laisser se moquer d'une innocente, elle se trompe, et pas qu'un peu, même. Mais je suppose qu'elle s'en est aperçu vu que j'ai toujours une mèche de ses cheveux dans la main. Cela dit, il est possible que ce ne soit pas ses cheveux ; Lana s'est rajouté une tresse blonde il y a quelque temps, qu'elle fixe avec des pinces.

Ce qui explique pourquoi elle est venue si facilement – la mèche je veux dire – quand je me suis jetée sur Lana avec l'intention de lui arracher jusqu'au dernier poil de sa stupide tête après qu'elle m'a dit de m'occuper de mes oignons et qu'elle a déchiré mon écusson d'Albert-Einstein.

Mais je m'en fiche et j'espère que ça lui a fait mal.

Ce qui me rend triste, en revanche, c'est qu'elle ne se rend pas compte de sa chance. Parce que je lui aurais fait bien plus mal si Lars et Yan n'étaient pas intervenus.

Yan est peut-être une fille, mais je peux vous assurer qu'elle est costaude. Et bien élevée, aussi. Alors que la principale me traînait dans son bureau, je l'ai entendue me dire : « Merci, Mia. »

Je me trompe peut-être, mais je crois avoir également entendu quelques élèves applaudir.

Mais bien sûr, cela ne traverserait pas l'esprit de la principale que LANA soit la seule fautive dans l'histoire. Oh, non ! Elle pense que je me suis jetée sur elle parce que j'ai « perdu mon sang-froid » à cause du débat. Bien sûr que j'ai perdu mon sang-froid, Mme la principale. Mais pas à cause du débat, parce que, en sortant du cours de français, Lana s'est avancée vers Yan et lui a lancé : « Espèce d'hermaphrodite ! »

Et qu'après que j'ai dit à Lana de la fermer, elle m'a répondu de m'occuper de mes oignons et m'a arraché mon écusson.

Le problème, c'est que la principale n'a rien vu ni entendu de tout ça. La seule chose qu'elle a retenue, c'est que j'ai tiré sur les cheveux de Lana.

Elle dit que j'ai de la chance de ne pas avoir été renvoyée sur-le-champ, et que la seule raison pour laquelle elle ne l'a pas fait, c'est parce qu'elle sait que j'ai beaucoup de problèmes à la maison (HÉ HO????? DE QUOI ELLE PARLE???? DES LIMACES? DU FAIT QUE JE SOIS UNE MÈRE POULE? DE MON PETIT AMI QUI VEUT LE FAIRE UN DE CES JOURS? C'EST AU CHOIX!)

Elle est en train de nous conseiller, à Lana et moi, de régler nos différends de façon plus civilisée à l'avenir. Sinon, le débat est maintenu, à mon grand dam.

Oh, oh, je crois que la principale me parle : « Mia, est-ce que tu peux cesser d'écrire s'il te plaît et écouter ce que je dis? »

Oh, là là! Qu'est-ce qu'elle croit que j'écris en ce moment? Une lettre au fan club de *La Guerre des étoiles*?

Lana rigole, évidemment.

Mais à mon avis, elle rigolera moins quand elle découvrira que je porte le nom d'une femme qui a tranché la tête d'un homme à l'aide d'une hache.

Lundi 14 septembre, dans le gymnase

Mon Dieu... Comment ai-je pu me laisser entraîner dans cette histoire? Ils sont TOUS là. Les

MILLE élèves du lycée Albert-Einstein, assis sur les gradins, et ils ME regardent tous parce qu'il n'y a rien d'autre à regarder, à l'exception de Lana, de la plante verte posée sur l'estrade – histoire de donner au lieu un côté plus chaleureux, à moins que ce soit pour me fournir de l'oxygène si je défaille –, et la principale Gupta, debout entre nos deux chaises pliantes, tel un arbitre à un combat de boxe.

Je crois que je vais aller vomir dans la plante verte.

La principale est en train de nous expliquer que ce débat est essentiellement amical et qu'il permettra aux élèves de connaître nos positions sur les différents points qui seront abordés.

Amical ? Ben voyons ! C'est sans doute pour ça que je tiens toujours la tresse de Lana dans la main.

Une minute. Nos positions sur les différents points qui seront abordés ? QUELS POINTS ???? PERSONNE NE M'AVAIT DIT QU'ON ABORDERAIT DES POINTS !!!!!

D'où je suis, je peux voir Lilly, sa caméra vidéo à l'épaule, prête à filmer. Elle est assise au premier rang des gradins, avec Tina et Boris, Shameeka et Ling Su, et… oh, comme c'est adorable, Yan. Qu'est-ce que Lilly essaie de me dire ? Elle ne peut tout de même pas me dévoiler son arme secrète ? Pas tout de suite, du moins. Le débat n'a même pas commencé !

Qu'est-ce qu'elle fabrique avec ses bras ???? Pourquoi elle les croise comme ça ?

Mais oui, bien sûr ! Elle veut me faire comprendre d'arrêter d'écrire dans mon journal. C'est ça, oui ! J'ai…

MON DIEU… Quelle est cette odeur ? Je la connais. C'est *No 5* de Chanel. Il n'y a qu'une personne qui porte *No 5* de Chanel, ou du moins qui s'en asperge suffisamment pour qu'on puisse le sentir à des kilomètres à la ronde...

QU'EST-CE QU'ELLE FAIT ICI ?????

Pourquoi ça n'arrive qu'à MOI ? Franchement. On devrait interdire aux familles de pénétrer dans l'enceinte des écoles quand le cœur leur en dit. Je n'aurais pas le quart des soucis que j'ai si le lycée leur fermait l'entrée…

Oh, non ! Pas mon père, aussi.

Et Rommel.

Oui, vous avez bien lu. Rommel. Ma grand-mère a amené Rommel au débat.

Et toute une clique de journalistes.

Quoi ???? Est-ce bien LARRY KING ????

Mon Dieu ! Il ne reste plus que ma mère et Rocky pour que ce débat se transforme en une réunion de la famille Thermopolis-Gianini-Renaldo.

Eh bien, voilà. C'est fait. Ma mère vient d'arriver à son tour. Elle agite la main de Rocky dans ma direction. Salut, Rocky ! Contente que tu sois venu !

Tu vas voir comme ta sœur va se faire massacrer par sa pire ennemie…

Oh, non. Ça commence.

POURQUOI MICHAEL N'EST PAS LÀ QUAND J'AI BESOIN DE LUI ???????

Lundi 14 septembre, dans les toilettes du gymnase

Et voilà. Je me retrouve dans les toilettes. Comme c'est étrange.

Ça m'étonnerait que j'en sorte d'ici un moment. Un bon moment, même. Qui sait ? Peut-être que je n'en sortirai jamais ?

C'était tellement irréel… Je veux dire, de voir la principale tapoter sur le micro, d'entendre un murmure monter du public et de constater que tous les yeux étaient braqués sur nous.

La principale a souhaité la bienvenue à tout le monde – en particulier à Larry King – et a expliqué l'importance du comité des délégués de classe et le rôle vital du président. Elle a ensuite ajouté : « Cette année, deux jeunes filles dotée chacune d'une personnalité unique et… *forte*, se sont présentées au poste de présidente. J'espère que vous leur accorderez toute votre attention tandis qu'elles vous expliqueront à tour de rôle pourquoi elles estiment être la meilleure candidate, et ce qu'elles envisagent de faire pour améliorer la vie au lycée Albert-Einstein. »

Et puis – à tous les coups pour me punir pour cette histoire de mèche de cheveux arrachée –, elle a donné la parole à Lana.

Un tonnerre d'applaudissements a retenti quand Lana s'est levée, suivi de cris, de sifflements et de chants scandant « La-na ! La-na ! » Et comme on était dans le gymnase et que les poutres du plafond sont en métal, je peux vous dire que tout ça résonnait super-fort.

Manifestement peu troublée par le fait qu'elle allait s'adresser à mille élèves, sans compter les soixante-dix membres environ de l'administration, ma famille entière et les journalistes, Lana a commencé à parler.

Inutile de dire que ce que les mille élèves voulaient l'entendre dire – enfin, peut-être pas tous les mille, mais une grande partie –, Lana l'a dit : des repas meilleurs à la cantine, une pause-déjeuner plus longue, des miroirs plus grands dans les vestiaires des filles, moins de devoirs, plus de sports, l'assurance d'intégrer les meilleures universités du pays, et plus de produits light dans les distributeurs de boissons et de confiseries. Par ailleurs, elle est contre les caméras installées à l'extérieur du lycée et demande à ce qu'elles soient retirées, et a conclu devant ses supporters enthousiastes que si elle était élue, elle ferait en sorte que tout cela se réalise…

… même si c'est impossible. Parce que si les caméras de sécurité empiètent effectivement sur les droits des élèves qui veulent fumer une cigarette devant le lycée et joncher les marches de leurs mégots, elles sont surtout là pour empêcher que notre école ne soit exposée au vandalisme et aux effractions.

Quant aux distributeurs de boissons et de confiseries, on trouve les mêmes dans tous les établissements scolaires et les hôpitaux de la région, et ils font partie de ceux qui proposent les prix les moins élevés pour des produits de très grande qualité.

Sinon, ça m'étonnerait que l'administration accepte de rallonger la pause-déjeuner, car cela signifierait qu'il faudrait raccourcir la durée des cours, qui est déjà de cinquante minutes.

Et pour les miroirs dans les vestiaires des filles ? Où Lana pense-t-elle trouver l'argent ? Et est-ce qu'elle a également réfléchi au fait que :

* moins de devoirs le soir nous préparerait moins bien pour l'université.

* plus de sports entraînerait moins d'argent pour enrichir les programmes des classes artistiques.

* personne ne peut garantir à un élève qu'il sera accepté dans une grande université américaine, même si ses parents en sont diplômés.

* nos choix de confiseries et de boissons sont limités à ce que les distributeurs automatiques proposent.

Apparemment, non.

Mais je suppose que ce n'est pas un problème pour elle. Ou pour ses supporters, car à la fin de son discours, ils hurlaient et tapaient des pieds pour montrer à quel point ils l'approuvaient. J'ai même vu Ramon Riveras agiter son blazer au-dessus de sa tête plusieurs fois de suite pour attiser l'ardeur de la foule.

La principale s'est avancée vers la tribune d'un air légèrement pincé et a dit : « Euh… merci, Lana. C'est à ton tour, Mia. »

À ce moment-là, j'ai vraiment cru que j'allais vomir. En même temps, je me demande bien ce que j'aurais pu vomir vu que je n'ai rien réussi à avaler au petit déjeuner et que je n'ai ingurgité en tout et pour tout que cinq bonbons au fruit que Lilly m'a donnés, la moitié de la barre de céréales de Boris, trois Tic Tac de Lars et un Coca.

Mais, alors que je me dirigeais vers la tribune – mes jambes tremblaient tellement que je n'arrive toujours pas à comprendre comment j'ai pu tenir debout –, il s'est passé quelque chose. Je ne sais pas quoi, exactement, mais il s'est passé quelque chose.

Peut-être est-ce dû au fait que mon arrivée a été accueillie par des huées et des sifflets.

À moins que ce ne soit à cause de Trisha Hayes et de la façon dont elle a secoué la tête d'un air de dégoût en regardant mes Doc.

Ou à cause de Ramon Riveras qui a mis ses mains en coupe et a crié : « PEG ! PEG ! » sur un ton qui n'avait rien de flatteur.

Quoi qu'il en soit, tandis que je parcourais des yeux cet océan de visages et que j'ai vu celui souriant et lumineux de Yan qui m'encourageait du regard, j'ai eu l'impression que le fantôme de mon ancêtre, Rosagunde, la première princesse de Genovia, s'emparait de moi.

À moins que la patronne de Genovia, sainte Amélie, ne soit descendue de ses nuages pour m'insuffler un peu de sa bravoure et me donner quelques tuyaux sur le maniement de la hache.

Bref, même si j'avais encore la nausée quand je suis arrivée à la tribune, je me suis rappelé comment Grand-Mère m'avait houspillée parce que j'avais osé m'appuyer dessus. Résultat, j'ai fait un truc inédit dans toute l'histoire des débats pour l'élection au comité des délégués de classe d'Albert-Einstein :

J'ai attrapé le micro et je suis allée me mettre DEVANT la tribune.

Oui. Devant. De sorte que rien ne me protégeait.

Je n'avais nulle part où me cacher et rien ne me séparait du public.

J'ai attendu que le silence se fasse – un silence étonné, d'ailleurs, car personne ne s'était jamais mis devant la tribune comme moi – et j'ai dit, sans avoir la moindre idée d'où me venait ce soudain afflux de paroles : « Laissez venir à moi vos pauvres harassés, Vos masses entassées qui ont soif de liberté. »

C'est le début du poème d'Emma Lazarus qui est gravé sur le socle de la statue de la Liberté, et ce sont les premiers mots que lisent des milliers d'immigrants à leur arrivée aux États-Unis. Une déclaration qui leur assure que dans ce melting-pot, ils seront tous les bienvenus, quels que soient leur niveau socio-économique, la couleur de leurs cheveux, la personne avec qui ils sortent, le fait qu'elles s'épilent à la cire, se rasent ou ne font rien, ou qu'ils ou elles décident de pratiquer un sport ou pas.

« Ce lycée n'est-il pas en lui-même un melting-pot? ai-je poursuivi. Ne constituons-nous pas un groupe qui vit ensemble pendant huit heures par jour, avec pour tâche celle de se débrouiller du mieux qu'on peut?

« Pourtant, bien que nous tous ici, à Albert-Einstein, formions une sorte de nation, je n'ai pas l'impression que nous nous comportons comme telle. Tout ce que je vois, ce sont des bandes qui se battent pour leur propre protection, et qui ont peur de laisser qui que ce soit de nouveau – ceux qui appartiennent à la masse et aspirent à la liberté – pénétrer leur si précieux et si sélectif petit groupe.

« Et ça, ça craint. »

J'ai marqué une pause à ce moment-là, tandis qu'un murmure d'incrédulité montait du public. Larry King a même confié quelque chose à l'oreille de Grand-Mère.

Mais je m'en fichais. Et même si les sportifs, assis au premier rang, pile en face de moi, me débectaient toujours autant, je sentais que je ne pouvais pas m'arrêter. Du coup, j'ai continué. Comme...

Eh bien, comme sainte Amélie, je suppose.

« L'histoire nous a montré que les hommes ont refusé diverses formes de gouvernement, dont la souveraineté de droit divin, que notre pays a abolie il y a des centaines d'années.

« Mais pour une raison ou pour une autre, ici, au lycée Albert-Einstein, il semble que la souveraineté de droit divin soit encore en vigueur. En effet, certains élèves estiment avoir hérité du droit de diriger, parce qu'ils sont plus beaux ou plus compétents en sport ou parce qu'ils sont invités à plus de fêtes que les autres. »

Tout en disant cela, j'ai regardé Lana, puis Ramon et Trisha. Je me suis ensuite tournée vers les autres pour poursuivre. Ils étaient tous bouche bée – mais pas comme Boris, qui a la cloison palatale déviée.

« Ces gens-là se trouvent en haut de l'échelle de l'évolution, ai-je donc continué. Ils ont une jolie peau, des corps sculptés comme ceux des mannequins des magazines, le sac à dos ou les lunettes de soleil à la dernière mode.

« Aujourd'hui, je me présente devant vous pour dire que j'ai fait partie de ces gens-là. Oui, c'est vrai. J'ai fait partie des gens populaires. Et vous savez quoi ? C'est de l'arnaque. Ces gens qui se comportent comme s'ils avaient le droit de vous gouverner ne sont absolument pas habilités à le faire tout simplement parce qu'ils ne croient pas à l'un des principes les plus fondamentaux de notre pays, à savoir que nous sommes tous nés ÉGAUX. Personne ici ne vaut mieux que les autres. Et j'inclus dans ce que je dis toutes les princesses qui pourraient se trouver dans la salle. »

Cette dernière réflexion a provoqué des rires même si, pour être franche, je n'ai pas cherché à être drôle. Mais d'entendre rire m'a fait du bien, et m'a un peu coupé l'envie de vomir. Hé ! Ce n'est pas rien. J'ai réussi à faire rire. Et non pas à mes dépens. Mais à cause de quelque chose que j'avais dit. Et pas de façon ironique.

Bref, ça m'a fait du bien.

Résultat, même si les paumes de mes mains étaient toujours aussi moites et que je tremblais tout autant, j'ai trouvé le courage de continuer.

« Je ne vais pas vous promettre un paquet de choses que vous et moi savons que je ne pourrai jamais obtenir, ai-je poursuivi en me tournant de nouveau vers Lana qui avait croisé les bras et me fusillait du regard. Une pause plus longue pour déjeuner ? Vous savez bien que l'administration n'acceptera jamais. Plus de sports ? Est-ce que quelqu'un ici pense sincèrement que ses besoins en sport ne sont pas satisfaits ? »

Quelques mains se sont levées.

« Est-ce que quelqu'un ici estime que ses besoins artistiques ou scolaires ne sont pas satisfaits ? Ou qui pense que ce qu'il faut à ce lycée, c'est un magazine littéraire, de nouveaux équipements vidéo, un plus grand laboratoire photo, un four pour l'atelier d'art plastique, de nouveaux éclairages pour le club théâtre et non pas plus de rencontres sportives et de matches de foot ? »

Cette fois, ce sont des dizaines de mains qui se sont levées.

« Oui, c'est bien ce que je pensais. Le vrai problème de cet établissement, c'est qu'une minorité prend toutes les décisions, et ce depuis trop longtemps. Ce n'est pas *juste* ! »

Un bravo a alors retenti, et je ne pense pas que ce soit Lilly qui l'ait poussé.

« En fait, ai-je poursuivi, encouragée par le bravo, c'est *plus* qu'injuste. C'est une violation pure et simple des principes sur lesquels repose notre nation. Comme le philosophe John Locke l'a dit : "Un gouvernement n'est légitime que s'il repose sur le consentement du peuple gouverné." Désirez-vous donner votre consentement à quelques privilégiés qui prendront toutes les décisions à votre place ? Ou préférez-vous vous en remettre à quelqu'un qui vous comprend, quelqu'un qui partage vos idées, vos espoirs et vos rêves ? Quelqu'un qui fera de son mieux pour que VOTRE point de vue, et non pas celui d'une minorité soi-disant populaire, soit entendu ? »

Un autre bravo a jailli du côté droit des gradins, c'est-à-dire du côté opposé à celui où étaient assis MES amis. Et bientôt, c'est un hourra puis une salve d'applaudissements qui ont éclaté.

Ouah…

« Euh..., merci Mia », ai-je brusquement entendu.

Du coin de l'œil, j'ai vu la principale Gupta qui s'avançait vers moi. « C'était très intéressant », a-t-elle ajouté.

Mais j'ai fait mine de ne pas avoir compris.

Oui, exactement. La principale me signifiait de retourner m'asseoir – d'abandonner les feux de la rampe –, et je l'ai envoyée balader.

Parce que je n'avais pas fini de dire ce que j'avais à dire.

« D'autres choses ne vont pas dans cette école, ai-je donc poursuivi, ravie de constater que ma voix portait autant dans le gymnase. Comment expliquez-vous que des gens qui se disent professeurs estiment que seule leur forme d'expression est légitime ? Allons-nous laisser des instructeurs nous dire que, dans un domaine aussi subjectif que l'anglais, par exemple, le sujet de notre expression écrite est inapproprié parce qu'il est considéré – par quelques-uns – comme n'étant pas assez intéressant ? Si je choisis de parler de la signification historique des dessins animés japonais et des mangas, est-ce que mon devoir aura moins de valeur qu'un autre traitant de la caldeira du parc de Yellowstone qui pourrait un jour exploser et tuer des dizaines de milliers de personnes ?

« Ou, ai-je ajouté tandis qu'un brouhaha montait de la foule parce que personne ne savait que le parc de Yellowstone n'est rien d'autre qu'un immense réservoir de magma, est-ce que mon devoir sur les dessins animés japonais ou les mangas n'est pas AUSSI IMPORTANT que celui sur la caldeira du parc de Yellowstone car, maintenant que nous savons que la menace d'une catastrophe naturelle existe, nous avons besoin de nous changer les idées en regardant un dessin animé japonais ou en lisant un manga ? »

Un lourd silence s'est abattu sur le gymnase. Puis, quelqu'un assis au milieu des gradins a crié :

« *Final Fantasy* ! » et quelqu'un d'autre :

« *Dragonball* ! » et quelqu'un d'autre encore, tout en haut des gradins : « *Pokemon !* », ce qui lui a valu un immense éclat de rire.

« La loterie et la télévision ont sans doute été inventées pour faire vendre, ai-je continué, pour dépouiller les ouvriers de leur salaire durement gagné, nous bercer dans une fausse complaisance et nous distraire des horreurs qui se passent autour de nous. Mais qui sait si nous n'avons pas BESOIN de ces distractions, de sorte que pendant nos heures de loisir, nous pouvons nous amuser. Quel mal y a-t-il, après une journée de travail, à traîner et à regarder *Friends* ? Ou à apprécier le karaoke ? À lire une BD ? Faut-il que nos activités hors travail soient compliquées et difficiles à comprendre pour être culturelles ? Dans cent ans, après que nous serons tous morts à cause de la caldeira du parc de Yellowstone, de la fonte de la calotte glaciaire, de la pénurie de pétrole ou de la prolifération d'une algue géante, lorsque ce qui restera de la civilisation humaine considérera la société du XXIe siècle, qu'est-ce qui décrira le mieux à votre avis ce qu'a été notre vie ? Un devoir sur la façon dont les médias nous exploitent ou un épisode de *Sailor Moon* ? Je suis désolée, mais en ce qui me concerne, donnez-moi des dessins animés ou donnez-moi la mort. »

Le gymnase a alors explosé.

Non pas parce que le club informatique avait enfin réussi à construire un robot tueur et l'avait lâché parmi les pom-pom girls. Mais à cause de ce que j'avais dit. Je ne plaisante pas. À cause de ce que MOI, MIA THERMOPOLIS, avais dit.

Pourtant, je n'avais pas encore fini.

« Aussi, aujourd'hui, ai-je crié pour qu'on m'entende par-dessus les applaudissements, quand vous déposerez votre bulletin de vote, posez-vous la question suivante : "Que signifient les mots 'le peuple' dans la phrase 'le gouvernement du peuple par le peuple' " ? Est-ce que cela signifie quelques privilégiés ? Ou est-ce que cela signifie la grande majorité d'entre nous qui ne sont pas nés avec un pompon en argent dans la bouche ? Une fois que vous y aurez répondu, vous pourrez alors voter pour le candidat qui vous, le peuple, vous représente le mieux. »

Je me suis ensuite tournée vers la principale et, le cœur battant à tout rompre, je lui ai rendu le micro et j'ai quitté le gymnase en courant. Sous un tonnerre d'applaudissements.

Et je me suis enfermée dans les toilettes, où je suis toujours en ce moment.

Le problème, c'est que je me sens BIZARRE. Je n'ai jamais rien fait de tel dans ma vie. À l'exception peut-être du jour où je me suis adressée aux membres du Parlement de Genovia. Mais ce n'était pas pareil. Je ne leur demandais pas de voter pour MOI. Je leur demandais de voter pour la protection de l'environnement.

Mais ce qui s'est passé aujourd'hui, c'est différent. Parce que, pour le coup, il s'agissait bien de vote, et de vote en MA faveur. À Genovia, la question ne se pose même pas puisque je SUIS la princesse et qu'un jour, je gouvernerai.

Oh, oh… J'entends des voix dans le couloir. Le débat doit être terminé. Qu'est-ce que Lana a bien pu dire dans sa réfutation ? J'aurais peut-être dû rester pour réfuter sa réfutation. Mais je ne pouvais pas. Je ne pouvais tout simplement pas.

Oh, non… J'entends la voix de Lilly…

Lundi 14 septembre, en étude dirigée

Il s'est passé un truc drôle, au réfectoire. Tout le monde s'arrêtait à notre table pour me féliciter et me dire qu'il ou elle avait voté pour moi. J'avoue que ça m'a mis du baume au cœur. Et il n'y avait pas que des gens qui appartiennent à mon bord – celui des pauvres filles ou des pauvres garçons –, mais des punks, des théâtreux et même quelques sportifs. Ça m'a fait bizarre de parler à tous ces gens quand d'habitude ils passent devant moi sans me voir.

Résultat, tout le monde voulait s'asseoir à MA table pour déjeuner. Ce qui n'a pas été possible puisque avec Yan qui s'est rajoutée à notre bande, il n'y a plus de place.

En tout cas, vu les bonnes nouvelles – du moins bonnes pour moi –, le repas a été plutôt joyeux. J'ai ainsi appris qu'après mon départ du gymnase, Lana s'est fait huer quand elle a commencé à parler. La principale a même dû couper la sono jusqu'à ce que les élèves se calment. Lana est alors partie en pleurant.

Ce n'est pas la seule bonne nouvelle. Après que Lilly a réussi à me sortir des toilettes, je suis tombée nez à nez avec ma mère, mon père et Grand-Mère. Ma mère m'a serrée dans ses bras en me disant qu'elle était très fière de moi. Quant à Rocky, son visage s'est illuminé dès qu'il m'a vue.

Mais c'est mon père qui m'a annoncé la vraie bonne nouvelle : il avait parlé au téléphone avec l'équipe de plongeurs de la Marine nationale de Genovia, et ces derniers lui avaient annoncé que mes limaces avaient commencé à manger *Caulerpa taxifolia*! Je parle sérieusement! Les limaces ont nettoyé quinze hectares en l'espace d'une nuit et elles auront probablement tout supprimé d'ici octobre, quand les eaux de la Méditerranée seront trop froides et qu'elles mourront.

« Mais ce n'est pas un problème, m'a assuré mon père en souriant, car j'ai déjà présenté un projet de loi pour que dix mille autres limaces soient déversées dans la baie au printemps prochain, si nous subissons une nouvelle invasion de *Caulerpa taxifolia* venant de chez nos voisins. »

Je n'en croyais pas mes oreilles.

« Ça veut dire que Genovia ne va pas être exclue de l'Union européenne ? »

Mon père a paru surpris.

« Mia, m'a-t-il dit, ce n'est pas quelque chose qui aurait pu se produire. Bien sûr, certains pays aimeraient nous voir expulsés de l'Union européenne, mais ce sont ceux-là mêmes qui ont provoqué cette catastrophe écologique. Aussi, personne n'a pris au sérieux leur demande d'expulsion. »

Il aurait pu me le dire plus tôt! Ça m'aurait évité plusieurs nuits blanches! Bon d'accord, j'avais d'autres soucis en tête.

Pile au même moment, j'ai remarqué Mrs. Martinez, derrière mon père, l'air… penaud, dirons-nous.

« Mia, a-t-elle commencé quand j'ai libéré mon père de mes étreintes (tellement j'étais contente d'apprendre que mes limaces avaient fait leur travail), je voudrais te féliciter pour ton discours. Tu as raison. La culture populaire n'est pas nécessairement dénuée de valeur ou de mérite. Elle a sa place, tout comme la grande culture. Je suis désolée si je t'ai donné l'impression que ce que tu écrivais était moins intéressant que des textes plus sérieux. Ce n'est pas le cas. »

Ouah !

Le fait que mon père jette de petits coups d'œil à Mrs. Martinez a un peu gâché ma joie…

Mais bon. Ça m'étonnerait qu'il sorte avec une femme qui connaît le sens du mot gérondif. Sa dernière petite amie pensait que les gérondifs étaient de petits rongeurs méchants à l'odeur nauséabonde.

En parlant d'odeur nauséabonde, Grand-Mère est arrivée juste après et m'a prise par le bras pour me parler en privé.

« Tu vois, Amelia, a-t-elle dit d'une voix rauque, qui empestait le tabac et le Sidecar, j'avais raison. Ça a marché. Tu as été inspirée. Vraiment inspirée. J'ai presque senti l'esprit de sainte Amélie parmi nous. »

Vous savez quoi ? Moi aussi, j'ai l'impression de l'avoir senti.

Mais je n'ai rien dit. À la place, j'ai demandé :

« Au fait, Grand-Mère, c'était quoi, cette arme secrète que vous deviez sortir, Lilly et toi ? »

Pour toute réponse, Grand-Mère s'est contentée de soulever mon écusson d'Albert-Einstein entre le pouce et l'index en disant : « Que lui est-il arrivé ? Franchement, Amelia, tu pourrais être un peu plus soigneuse avec tes affaires. Une princesse ne peut pas se promener ainsi, fagotée comme une souillon. »

Mais je l'ai bien pris. Et j'ai surtout bien pris le fait que Grand-Mère m'annonce qu'elle devait annuler notre leçon de princesse d'aujourd'hui parce qu'elle avait rendez-vous chez Elizabeth Arden. Apparemment, le stress qu'elle avait vécu en aidant Lilly avec les élections avait dilaté ses pores.

L'un dans l'autre, j'avais presque l'impression que les choses n'allaient pas si mal que ça pour moi.

C'est-à-dire, jusqu'à ce que je me rappelle Michael. Qui, soit dit en passant, ne m'a pas appelée une seule fois ni envoyé de texto pour me souhaiter bonne chance pour le débat ou me demander comment je m'en étais sortie. En fait, je ne lui ai pas parlé depuis LA fameuse conversation. Qui, il faut bien le reconnaître, ne s'est pas déroulée aussi bien que je l'espérais.

Mais bon. Je pensais qu'il aurait appelé. Même si, c'est vrai, je n'ai répondu à aucun de ses mails ou coups de fil.

Boris est en train de me jouer *God save the Queen*. Je lui ai dit qu'il était encore un peu tôt pour ça. Après tout, les bulletins de vote n'ont pas encore été comptabilisés. La principale doit annoncer les résultats tout à l'heure. Elle fera une annonce au haut-parleur.

Lilly vient de me glisser à l'oreille : « Toi aussi, tu auras quelque chose à annoncer, une fois que tu seras élue. Tu annonceras que tu te retires et que tu me laisses la présidence. »

Vous allez rire. J'avais oublié cette partie-là de notre plan.

Lundi 14 septembre, en éducation civique

Mrs. Holland m'a félicitée pour mon discours. Elle a même ajouté qu'elle était très fière de moi. FIÈRE DE MOI !!! Un prof fier de moi !!!

MOI !!!!!!!!!

Lundi 14 septembre, en SVT

Kenny m'a dit un truc très bizarre. Il me l'a sorti tout à trac alors qu'on dessinait nos diagrammes des ceintures de radiation de Van Allen.

« Mia, m'a-t-il dit, je voudrais te confier quelque chose. Tu connais ma petite amie Heather ?

— Ouiiiiiii, ai-je répondu de mauvais gré, parce que j'ai cru qu'il allait encore me raconter ses prouesses en gymnastique ou je ne sais quoi.

— Eh bien..., a-t-il commencé en devenant aussi rouge que la ceinture de radiation que je coloriais. Elle n'existe pas. Je l'ai inventée. »

!!

Oui, vous avez bien lu. Kenny a passé les sept derniers jours à me raconter des histoires qu'il INVENTAIT sur sa petite amie qu'il avait INVENTÉE. Petite amie qui m'est apparue, je dois l'admettre, comme une menace. Parce qu'elle était tellement parfaite ! Elle était blonde, sportive et n'avait eu que des A pendant toute sa scolarité.

Tout bien réfléchi, je devrais probablement être contente que Heather n'existe pas. Je trouvais qu'elle m'écrasait un peu, pour être franche.

Bref, j'ai regardé Kenny en écarquillant les yeux et j'ai dit : « Mais pourquoi tu as fait ça ?

— Je n'en pouvais plus, tu comprends ? a-t-il répondu. Je n'en pouvais plus de voir que tu mènes une vie de princesse parfaite et que tu files le parfait amour avec le plus parfait des petits amis. Je… je ne sais pas ce qui m'a pris, mais c'était plus fort que moi. »

Je mène une vie de princesse parfaite. Et je file le parfait amour avec le plus parfait des petits amis. Laisse-moi te dire une chose, Kenny. Tu veux savoir à quel point ma vie de princesse n'est pas parfaite ?

Michael, mon petit ami, le plus parfait des petits amis est sur le point de me quitter parce que je ne veux pas LE faire.

Mais bien sûr, je me suis tue. Parce que, un, ça ne regarde pas Kenny, et deux, je veux pas que cette histoire avec Michael fasse le tour de l'école. Grâce aux nombreux films qui racontent ma vie – assez librement –, suffisamment de gens pensent déjà tout savoir sur moi. Aussi, je n'ai pas besoin qu'ils en sachent PLUS.

Mais bon. J'ai assuré à Kenny que ma vie n'était pas aussi parfaite qu'il le pensait et qu'en fait, j'avais BEAUCOUP de problèmes, dont être mère poule et avoir failli faire sortir mon pays de l'Union européenne.

Curieusement, cette information a semblé le réconforter. Même que ça m'énerve un peu.

Je...

Oh, non. Le haut-parleur vient de grésiller. La principale Gupta va annoncer les résultats du vote.

J'ai peur...

Ça y est. Elle parle :

Lana Weinberger : 359 voix

Mia Thermopolis : 641 voix.

Oh, mon Dieu.

OH, MON DIEU.

JE SUIS LA NOUVELLE PRÉSIDENTE DU COMITÉ DES DÉLÉGUÉS DE CLASSE DU LYCÉE ALBERT-EINSTEIN.

Lundi 14 septembre, 5 heures de l'après-midi, chez Pizza Ray

C'est tellement… irréel. Je ne sais même pas si je vais pouvoir en parler. Je suis encore sous le choc. Pourtant, ça fait deux heures que la principale a annoncé que j'étais élue. Et j'ai mangé la moitié d'une pizza au fromage et bu trois Coca.

Je n'arrive TOUJOURS PAS à y croire.

Pas tant au fait d'avoir remporté les élections qu'à tout ce qui s'est passé *après* que j'ai compris que j'étais élue.

Parce qu'il s'est passé BEAUCOUP de choses.

D'abord, tout le monde en SVT, y compris Kenny, est venu me féliciter avant de me demander d'intervenir auprès de l'administration pour faire acheter de quoi procéder à des expériences d'électrophorèse, chose qu'ils avaient demandée en vain à l'ancien président.

Bref, je n'ai eu que très peu de temps devant moi pour mesurer le poids de mes nouvelles responsabilités.

Mais une fois que je l'ai compris, j'ai jubilé.

Je sais. JE *SAIS*.

On pourrait avoir l'impression que ce n'est pas assez pour moi d'être :

* la princesse de Genovia
* la sœur d'un être sans défense dont la mère et le père manquent parfois de bons sens en ce qui concerne son éducation, si vous voyez ce que je veux dire
* un écrivain en herbe mais qui doit faire d'énormes progrès en géométrie
* une adolescente, avec tout ce que le terme implique, comme les sautes d'humeur, le doute et de temps en temps un bouton

* amoureuse d'un garçon en première année de fac

Maintenant, j'accepte tout à fait l'idée d'être tout cela ET d'être aussi la présidente du comité des délégués de classe de mon lycée.

Parce que c'est bien le cas, non ?

Est-ce que je n'ai pas battu Lana ?

Et battre Lana, C'EST TOP.

Mais ce n'est pas tout. Alors que je me dirigeais vers mon casier, à la fin de la journée – lentement... très, très lentement parce que toutes les cinq minutes quelqu'un m'arrêtait pour me féliciter –, j'ai croisé Lilly. Elle m'a sauté dans les bras en criant : « ON A GAGNÉ !!!! ON A GAGNÉ !!! » (Bien que je sois plus grande, Lilly est beaucoup plus lourde que moi. Elle a de la chance que je ne l'aie pas lâchée. Je suppose que c'est l'adrénaline, comme quand on voit son bébé coincé sous une voiture ou qu'on remporte les élections pour la présidence du comité des délégués de classe, qui m'a donné la force de la retenir jusqu'à ce qu'elle redescende à terre.)

Tina et Boris, Shameeka et Ling Su sont ensuite arrivés et ils m'ont tous accompagnés à mon casier en chantant : *We are the champions !*

Tandis qu'autour de moi, tout le monde parlait en même temps, j'ai remarqué qu'il se passait quelque chose non loin de là : Ramon Riveras, flanqué de la principale et du PÈRE de Lana, emportait tout ce qui se trouvait à l'intérieur de son casier – j'ai bien dit TOUT – et le fourrait dans un vieux sac de sport.

Et juste à quelques mètres d'eux, pleurant toutes les larmes de son corps, Lana tapait du pied en gémissant entre deux sanglots : « Mais, papa, POURQUOI ??? Pourquoi, papa, POURQUOI ????? »

Sauf que Mr. Weinberger ne répondait pas à sa fille, et se tenait immobile, l'air très solennel. Quand Ramon a fini de vider son casier et que la principale a dit : « Très bien. Allons-y », ils sont tous partis : la principale, Ramon, Mr. Weinberger et Lana.

Mais avant de partir, Lana a pris le temps de m'envoyer un regard mauvais par-dessus son épaule et de lâcher entre ses dents : « *Tu me le paieras.* »

Je pensais qu'elle parlait de ma victoire aux élections jusqu'à ce que Shameeka demande : « Où est-ce qu'ils emmènent Ramon ? », et que Lilly réponde, avec un sourire diabolique : « À l'aéroport, j'imagine. »

On a tous voulu savoir évidemment de quoi elle parlait. Lilly a attendu que le silence se fasse autour d'elle pour dire : « De mon arme secrète. Mais après ton discours, Mia, a-t-elle précisé en se tournant vers moi, j'ai compris qu'il ne serait pas nécessaire d'y avoir recours. Seulement, ta grand-mère n'a pas pu s'empêcher de cracher le morceau, même si c'était inutile. Clarisse est peut-être une vieille dame, mais il vaut mieux ne pas se trouver en travers de son chemin. »

Comme tout ça n'était pas très clair – du moins en ce qui me concernait –, j'ai demandé à Lilly de s'expliquer. Ce qu'elle a fait.

Le jour du match de foot, Lilly a découvert en espionnant les parents de Lana, que Ramon était un imposteur.

Oui, un imposteur ! Il n'a rien à faire dans un lycée ! Il a terminé ses études secondaires l'an dernier, au Brésil, où il a arrêté l'école pour devenir footballeur professionnel ! Du coup, Mr. Weinberger a eu la brillante idée de le PAYER pour venir ici et s'inscrire à Albert-Einstein afin d'améliorer notre classement.

En découvrant ceci, Lilly a aussitôt pensé qu'elle pourrait se servir de cette information à titre de campagne de diffamation contre Lana au cas où, après le débat, elle devait remporter les élections.

Mais quand elle m'a entendue parler de *Sailor Moon* et citer John Locke, elle a compris que la victoire était dans la poche. Sauf que Grand-Mère n'a pas pu s'empêcher d'appeler la principale après l'annonce des résultats.

Je dois dire que cette histoire m'a fait voir Lilly sous un jour nouveau. Je sais qu'elle est capable de sournoiserie. Et je ne dis pas que Mr. Weinberger avait le droit d'utiliser ce pauvre Ramon comme il l'a fait ou de tromper les autres parents d'élèves. Mais… ouah… Il ne vaut mieux pas non plus se trouver en travers de son chemin à elle aussi.

Je l'ai regardée. Elle se tenait devant moi, manifestement très contente d'elle, tandis que tout le monde lui tapait dans le dos et lui disait que ce qu'elle avait fait était génial.

Bien sûr, c'est génial, quand on estime que tout ce qui peut faire pleurer Lana est génial.

Quoi qu'il en soit, Lilly a attendu que je ramasse mes affaires et que je sois prête à partir pour dire :

« Puisque Clarisse t'a dispensée de leçon de princesse, on pourrait aller célébrer NOTRE victoire. Qu'en penses-tu ? »

Je n'ai pas rêvé. Elle a vraiment insisté sur le *NOTRE*.

« Eh bien..., oui, pourquoi pas ? ai-je répondu. En parlant de ça, justement, il s'est passé un truc incroyable pendant le discours…

— Un peu qu'il s'est passé un truc incroyable, a renchéri Lilly en me prenant par les épaules. Tu as défendu la cause des mal-aimés !

— Oui, je sais bien, ai-je dit. Mais je m'interroge maintenant. Je… Lilly, tu ne crois pas que notre projet n'est pas très juste ? Tous ces gens ont voté pour *moi*. *Je* suis celle qu'ils attendent et… »

Lilly m'a légèrement écartée et j'ai vu ses yeux s'agrandir en regardant par-dessus mon épaule.

« Qu'est-ce que tu fabriques ici ? s'est-elle écriée. Au cas où tu l'aurais oublié, tu es en première année d'université ! »

Mon cœur s'est serré en entendant ces mots. Parce que je savais – JE SAVAIS TOUT SIMPLEMENT – à qui elle s'adressait. Et c'était :

La DERNIÈRE personne que j'avais envie de voir.

Ou bien la personne que j'avais LE PLUS envie de voir.

Tout dépendait de ce qu'elle allait m'annoncer.

Je me suis retournée très lentement.

Et j'ai vu Michael.

OK, je suppose que ce que je vais dire va paraître super-théâtral, mais d'un seul coup, tout s'est évanoui autour de moi, et on n'était plus que tous les deux, Michael et moi, l'un devant l'autre, les yeux dans les yeux.

Si j'écrivais ça dans un roman, je suis sûre que Mrs. Martinez mettrait CLICHÉ dans la marge.

Sauf que ce n'était PAS un cliché, c'est la réalité. On était seuls au monde.

« Il faut qu'on parle », m'a dit Michael. Pas *Salut* ni *pourquoi ne m'as-tu pas appelé* ni *où étais-tu ?*

Juste *Il faut qu'on parle*.

Et ces quatre mots ont durci mon cœur comme celui de sainte Amélie.

« OK », ai-je répondu, même si ma gorge était complètement sèche.

Et lorsqu'il a fait demi-tour pour sortir du lycée, je l'ai suivi, après avoir jeté un regard menaçant à Lars pour lui faire comprendre de rester LOIN derrière moi, et à Lilly qu'on ne célébrerait rien du tout.

Du moins, pour l'instant.

Lars a réagi en professionnel. Mais j'ai entendu Lilly crier : « Très bien ! Pars avec ton PETIT AMI ! On s'en fiche ! »

Mais Lilly ne savait pas que mon cœur avait durci. Elle ne savait pas que je m'attendais à ce que ma vie – ma vie parfaite de princesse – explose en mille morceaux. Le super-volcan du parc de Yellowstone ? Quand il explosera, ce ne sera RIEN en comparaison.

J'ai suivi Michael en bas des escaliers, à travers les élèves rassemblés autour de la statue de Joe, dans la rue. Et pendant tout ce temps, on ne s'est pas adressé la parole une seule fois. En tout cas, ce n'était pas moi qui allais parler la première.

Car plus rien n'était pareil. Si Michael avait décidé de rompre parce que je ne voulais pas LE faire…, eh bien, tant pis.

Bien sûr, ça me faisait mal. Et il m'avait brisé le cœur en disant : « Il faut qu'on parle. »

Mais hé ho ! Je suis la princesse de Genovia. Je suis la nouvelle présidente du comité des délégués de classe du lycée Albert-Einstein.

Et PERSONNE – pas même Michael – n'allait me dicter quand je devais LE faire.

Finalement, on est arrivés ici, chez Pizza Ray. Il n'y avait personne parce qu'il était trop tard pour déjeuner et trop tôt pour dîner.

Michael m'a indiqué une table et a demandé : « Tu veux manger quelque chose ? »

Il faut qu'on parle.

Tu veux manger quelque chose.

C'est tout ce qu'il m'avait dit jusqu'à présent.

« Oui, j'ai répondu, la gorge toujours aussi sèche. Je veux bien une pizza, et un Coca aussi. »

Il est allé au comptoir et a commandé la pizza et le Coca. Puis il est revenu et s'est assis en face de moi.

« J'ai vu le débat », m'a-t-il annoncé en me regardant droit dans les yeux.

Je ne m'attendais tellement pas à l'entendre me dire ça que j'en suis restée bouche bée. Ce n'est que lorsque j'ai senti sur ma langue l'air frais et les effluves de pizza que je me suis rendu compte que je respirais comme Boris et que j'ai pensé à refermer la bouche.

« Tu étais *là* ? » ai-je fini par dire.

ET TU N'ES MÊME PAS VENU ME DIRE BONJOUR??????? avais-je envie d'ajouter. Chose que je n'ai pas faite, évidemment.

Michael a secoué la tête.

« Non. Je l'ai vu sur CNN.

— Oh », ai-je fait, abasourdie d'apprendre que un, CNN avait retransmis le débat, et que deux, MICHAEL l'avait suivi.

« J'ai bien aimé quand tu as parlé de *Sailor Moon*, a déclaré Michael.

— C'est vrai ? me suis-je exclamée d'une voix curieusement super-aiguë.

— Oui. Et la citation de John Locke, ça a dû leur faire un choc. Tu l'as reprise de ton cours avec Holland, n'est-ce pas ? »

J'ai hoché la tête, incapable de répondre tellement j'étais surprise qu'il l'ait deviné.

« C'est un super-prof, a-t-il poursuivi en appuyant son bras contre le dossier de la banquette. Bref, te voilà la nouvelle présidente d'Albert-Einstein ? »

J'ai croisé les mains sur la table, dans l'espoir de dissimuler à Michael le traitement que j'avais fait subir à mes ongles depuis notre dernière rencontre. Traitement entièrement dû aux soucis qu'IL m'avait procurés.

« On dirait, oui, ai-je répondu.

— Je croyais que Lilly voulait être présidente. Et pas toi, a-t-il fait remarquer.

— C'est exact, sauf que… je n'ai plus très envie de renoncer maintenant. »

Michael a froncé les sourcils. Puis il a émis un léger sifflement.

« Ouah ! s'est-il exclamé. Ça ne t'ennuie pas si je ne suis pas dans les parages quand tu le lui annonceras ?

— Non », ai-je répondu.

Je me suis alors brusquement figée. Une minute… Si Michael ne voulait pas être dans les parages quand j'expliquerai à Lilly que je n'ai pas l'intention de renoncer à la présidence, est-ce que ça signifiait…

Est-ce que ça signifiait…

Tout à coup, mon cœur meurtri a redonné quelques signes de vie.

« La pizza est prête ! » a annoncé le serveur, derrière le comptoir.

Michael est allé la chercher, avec trois Coca – il en avait commandé un aussi pour Lars, assis à l'autre bout du restaurant où il faisait mine de s'intéresser à l'épisode de *Dr. Phil* que le serveur suivait sur la télé accrochée au plafond – puis est revenu s'asseoir.

Vu que je ne savais pas quoi faire, j'ai coupé un morceau de pizza, je l'ai posé sur une serviette en papier et je l'ai apporté à Lars, avec son Coca.

Croyez-moi, c'est du boulot de devoir s'occuper de son garde du corps tout le temps.

Quand je suis retournée à la table, j'ai approché de moi la pizza et je l'ai soigneusement aspergée d'huile piquante.

Michael, comme à son habitude, en a pris un morceau – oubliant manifestement qu'elle était brûlante –, l'a plié en deux et a mordu dedans.

Alors que je le regardais faire, ses mains me sont apparues… immenses. Comment ne l'avais-je pas remarqué plus tôt ? Je veux dire que Michael a de très grandes mains ?

« Écoute, a dit Michael. Je ne veux pas qu'on se batte à cause de ça. »

J'ai levé les yeux vers lui très vite étant donné que j'avais encore en tête la taille de ses mains. Sauf que je ne savais pas ce qu'il voulait dire exactement par *ça* ? Parlait-il de Lilly et de la présidence ? Ou parlait-il de…

« Tout ce que je veux savoir, a-t-il repris d'une voix lasse, c'est si on va le faire un jour ? »

OK. Il ne parlait pas de la présidence.

J'ai failli m'étouffer avec le minuscule morceau de pizza que je venais d'engouffrer, puis, après l'avoir avalé et bu une gorgée de Coca, j'ai trouvé la force de répondre : « BIEN SÛR. »

Mais Michael a paru méfiant.

« Avant dix ans ? a-t-il demandé.

— Évidemment », ai-je fait, d'un air peut-être un peu trop assuré.

Mais que voulez-vous que je réponde d'autre ? J'étais plus rouge que la sauce de ma pizza. Je le sais, parce que je voyais mon reflet dans le distributeur de serviettes en papier.

« Je m'en doutais que ce ne serait pas évident, Mia, a déclaré Michael. Car en plus de notre différence d'âge et du fait que tu es la meilleure amie de ma sœur, il y a aussi le fait que tu es princesse… ce qui signifie être constamment harcelée par les paparazzi et ne pas pouvoir te déplacer sans garde du corps. Un autre garçon aurait peut-être baissé les bras, mais moi, tu vois, j'aime relever les défis. Et puis, je t'aime, donc je trouve que cela en vaut la peine. »

J'ai cru que j'allais fondre sur place. Je ne plaisante pas. Vous en connaissez, vous, des garçons qui disent des choses comme ça ?

« Comprends-moi bien. Je ne te pousse pas à le faire si tu ne te sens pas prête, a-t-il continué, comme s'il me parlait du prochain coup à jouer pour avancer dans *Rebel Strike*. Mais comme je sais qu'il te faut du temps avant de t'habituer à certaines choses, j'aimerais bien que tu commences à y réfléchir : tu es la fille que je veux et un jour, TU SERAS À MOI. »

À ce moment-là, mon visage est devenu encore plus rouge que la sauce de la pizza. Du moins, c'est l'impression que j'ai eue.

« OK », ai-je dit.

Qu'est-ce que j'aurais pu dire d'autre ??????

Par ailleurs, ce que venait de me confier Michael ne me déplaisait pas trop. Je VEUX dire qu'il me veuille.

C'est juste que, le dire comme ça, c'était… je ne sais pas…

Sexy.

« On peut donc considérer que l'affaire est close ? a-t-il ajouté.

— D'accord », ai-je dit après avoir manqué de m'étrangler.

Puis il a précisé que pour l'instant, il me ficherait la paix, mais qu'il espérait aborder le sujet régulièrement.

Lorsque je lui ai demandé selon quelle fréquence, il m'a répondu une fois par mois. J'ai proposé tous les six mois, il a dit tous les deux mois. J'ai dit tous les trois mois et il a répondu : « Marché conclu. »

Puis il a apporté un deuxième morceau de pizza à Lars avant de se mêler à la conversation entre le serveur et lui sur les chances de victoire des Yankees au World Series cette année, même si à ma connaissance, Michael n'a jamais regardé un match de baseball de sa vie.

Mais c'est vrai qu'il a conçu un programme informatique dans lequel on peut entrer toutes les statistiques concernant une équipe afin de calculer ses probabilités de battre une autre équipe.

En fait, je l'aime. C'est le garçon que je veux et UN JOUR, IL SERA À MOI.

Aussi, quand il est revenu à la table et qu'il m'a demandé si je voulais une glace, j'ai répondu :

« Oui, je veux bien. »

Fin

II

Celles qui se la jouent "Princesse"

Note de Son Altesse Royale, la princesse Mia

Regardons les choses en face : le monde est peuplé de princesses. Il est parfois difficile de distinguer les princesses authentiques de celles qui se la jouent princesse. Par chance, le tableau ci-joint vous aidera à éclaircir la situation.

Gwyneth Paltrow

Ressemble à une princesse,
s'habille en princesse,
a joué avec vraisemblance
les princesses au cinéma,
est sortie avec un prince
authentique.
Mais, techniquement parlant,
Gwyneth n'est pas princesse.

Britney Spears

Fréquemment citée comme
une princesse de la pop music,
Britney a bel et bien échangé
quelques brefs e-mails
avec le prince William.
Mais ça ne suffit pas
à faire d'elle une
authentique princesse.

Christina Aguilera

Idem,
moins le prince William.

Barbie

Des tas de gens s'imaginent que
Barbie est une princesse.
En vérité, Barbie ne fait que
s'habiller comme une princesse.
Objectivement, elle ne règne
pas sur la firme Mattel.

Pas plus qu'elle n'est hôtesse de l'air, infirmière, vétérinaire, instit, médecin, avocate, patineuse olympique, pilote de navette spatiale, toiletteuse pour chiens ou pom-pom girl. Toutefois, elle possède la garde-robe de princesse la plus fabuleuse que j'aie jamais vue.

Alice Roosevelt Longworth

Adoubée princesse Alice par les médias, la fille du président Theodore Roosevelt n'était pas, de droit, princesse. Néanmoins, on doit mettre à son crédit le fait qu'elle a eu sa voiture perso à une époque où la majorité des Américains roulaient encore en buggie à cheval.

Mulan

Listée par Disney comme l'une de leurs innombrables princesses, Mulan est en réalité une roturière et l'est restée même après son mariage, vu que le beau soldat qu'elle épouse n'est pas, non plus, d'origine royale. Désolée !

Sara Crewe de *Une petite princesse*

Elle se conduit avec la noblesse et la grâce d'une personne royale, mais Sara Crewe n'est jamais devenue une authentique princesse en dépit du bouquin que Frances Hodgson Burnett lui consacre. Bouquin qui vaut pourtant, largement la peine d'être lu.

Smurfette

Bien que Smurfette soit la seule héroïne femelle au royaume des Smurfs, elle n'en était pas la princesse. Les Smurfs ont apparemment inventé la toute première démocratie, dont papa Smurf en son immense sagesse est le président.

Les sœurs de Grand-Mère Tante Simone & Tante Jeanne-Marie

Bien qu'elles aiment à prétendre le contraire, les sœurs de Grand-Mère ne sont pas princesses *de facto*, ce ne sont que des cousines éloignées apparentées, comme Grand-Mère, à la famille princière de Monaco. En revanche, il n'est pas douteux qu'elles se conduisent en princesses, principalement dans la catégorie lamentations & jérémiades.

Strawberry Shortcake

Pas princesse une seconde.
Vu ?

III

Mériteraient le titre de PRINCESSE

Note de Son Altesse Royale, la princesse Mia

Il existe nombre de filles dans ce monde qui,
suite à un coup du sort fatal,
ne sont jamais devenues princesses alors que,
de plein droit, elles méritaient de porter ce titre.
S'il était possible d'élire librement nos
princesses fétiches au lieu de subir celles qui nous
sont imposées par leur naissance ou par alliance,
je nominerais personnellement les femmes
suivantes pour leur joie de vivre, leur culot, bref,
pour leur comportement en général digne
d'une authentique princesse.

Gwen Stefani

Pour avoir composé la chanson *I'm just a girl* qui pointe du doigt de façon si plaintive les pièges tendus aux malheureuses qui ont eu la malchance de naître femelles dans la société américaine d'aujourd'hui ET pour le modèle idéal qu'elle propose aux jeunes ados du monde entier qui aspirent à une carrière de rockeuses ET aussi pour être apparue si jolie le jour de son mariage.

Elisabeth Taylor

Pour l'excellence de son engagement en faveur des gens qui vivent avec le sida, sans oublier son excellente interprétation dans le film *National Velvet*, Elisabeth Taylor mérite haut la main le titre de Son Altesse Royale.

Buffy, la tueuse de vampires

Elle tue les vampires.
Dois-je ajouter autre chose ?

Okay, elle a aussi sauvé de l'Apocalypse Hellmouth, Sunnydale, California sacrifiant au passage tout espoir de vie sociale. Elle a même une fois dû trucider son petit ami qui, ayant viré au monstre, menaçait de répandre l'enfer sur terre. Si ÇA, ce n'est pas princier, alors, je voudrais bien savoir ce qui l'est !

Julie Andrews

Julie Andrews n'est pas princesse, bien qu'elle l'ait été dans plus d'un film (Okay, reine, pour être exacte).
Des années durant, elle nous a régalés avec ses interprétations
de mamie magique,
de gouvernante musicale,
de vendeuse de fleurs voyoute.
Toujours gracieuse et de bonne humeur, Miss Andrews mérite vraiment qu'on l'appelle Son Altesse Royale.
D'ailleurs, on sait déjà combien elle est FABULEUSE
avec une couronne sur la tête.

Lisa Simpson

Voix de la sagesse dans la famille Simpson, Lisa est l'écolière la plus futée de la planète. D'accord, ce n'est pas la fille populaire dans sa propre école, mais elle est, définitivement, celle avec qui je choisirais d'être naufragée sur une île déserte, vu qu'en un rien de temps elle trouve toujours moyen de se tirer des situations les plus fâcheuses. En outre, elle adore les animaux, respecte l'environnement. Bref, la PRINCESSE IDÉALE. Et ses cheveux de porc-épic lui dessinent une tiare plus vraie que nature. Alors, QUE DEMANDE LE PEUPLE ?

Les filles Powerpuff

Blossom, Buttercup et Bubbles, les trois filles Powerpuff, ont été conçues par accident en laboratoire. Vues de l'extérieur, elles ressemblent à des gamines

ordinaires, mais à l'intérieur, elles ont ces pouvoirs spéciaux qui leur confèrent une force surhumaine et leur permet de voler. Elles n'usent de leurs pouvoirs que pour accomplir le Bien et, mieux que quiconque, méritent le titre de PRINCESSES HONORIFIQUES.

Lara Croft

Euh, hum, bon… d'accord c'est le truc intégral du saut-à-l'élastique, sans parler de son accent à couper au couteau, Allons, allons, ça, c'est princier, et comment.

Chelsea Clinton

À grandi à la Maison Blanche ; First Daughter à treize ans, jamais arrêtée ni soupçonnée de quoi que ce soit d'embarrassant dans le genre gaffe sociale. A continué d'adresser la parole à ses parents même lorsqu'ils ne le méritaient pas ; copine avec Madonna. Cette fille est d'ores et déjà princesse.

Vous

Parce que qui le mérite plus que VOUS ? Franchement, vous savez absolument tout sur votre rôle de princesse (il ne vous manque qu'un royaume à gouverner). Gentillesse, assurance, respect de l'hygiène corporelle, généreuses de votre temps, soucieuses de l'environnement. Tout, tout, tout, je le répète, ce qui fait de vous le modèle vivant de la nature humaine car, au final, bien sûr, on en revient forcément à ça : une princesse n'est rien d'autre qu'un être humain comme vous et moi. Seule la couronne distingue certaines d'entre nous. (La belle affaire !)

Tu adores les aventures de Mia, retrouve-la vite
dans le tome I « Journal d'une Princesse »,
le tome II « Premiers pas d'une Princesse »,
le tome III « Une Princesse amoureuse »,
le tome IV « Une Princesse dans son palais »,
le tome V « L'anniversaire d'une Princesse ».

Composition JOUVE – 53100 Mayenne
Mise en page MCP – 45774 Saran

Imprimé en France par HÉRISSEY - 27000 Évreux
Dépôt imprimeur : 98259 - éditeur n° 51950.
20.19.0972-8/01 - ISBN : 2.01.200972.7
Loi n° 49-956 du 16 juillet 1949 sur les publications destinées à la jeunesse
Dépôt légal : février 2005